我的颜色是红

国旗手

任晓燕　王彦艳　主编

中原出版传媒集团
中原传媒股份公司

大象出版社

·郑州·

图书在版编目(CIP)数据

国旗手 / 任晓燕, 王彦艳主编. — 郑州 : 大象出版社, 2020. 6 (2021. 5 重印)
(我的颜色是红)
ISBN 978-7-5711-0608-9

Ⅰ. ①国… Ⅱ. ①任… ②王… Ⅲ. ①短篇小说-小说集-中国-当代 Ⅳ. ①I247. 7

中国版本图书馆 CIP 数据核字(2020)第 065505 号

我的颜色是红
国旗手
GUOQISHOU
任晓燕　王彦艳　主编

出 版 人　汪林中
策　　划　杨秦予
责任编辑　李　丽
责任校对　安德华
装帧设计　付锬锬

出版发行　大象出版社(郑州市郑东新区祥盛街 27 号　邮政编码 450016)
发行科　0371-63863551　总编室　0371-65597936
网　　址　www. daxiang. cn
印　　刷　河南龙华印务有限公司
经　　销　各地新华书店经销
开　　本　720 mm×1020 mm　1/16
印　　张　8. 5
字　　数　124 千字
版　　次　2020 年 6 月第 1 版　2021 年 5 月第 4 次印刷
定　　价　25. 50 元
若发现印、装质量问题,影响阅读,请与承印厂联系调换。
印厂地址　河南省获嘉县亢村镇纬七路 4 号
邮政编码　453822　　　电话　0373-6308296

目 录

海军往事

陆颖墨

远　航

西昌舰要走了，是最后一次远航。

舰长肖海波下达起航命令时，眼睛像是飞进了小虫子，眨巴了好几下。细心的副舰长发现了，明白那是怎么回事，于是自己的眼圈也红了起来。

西昌舰悄悄地驶离了海军博物馆的码头，它走得很沉重，似乎满腹心事。在舰桥上的肖海波看了看手表，已是凌晨两点，他朝左前方张望了一下，整个城市都熟睡了，父亲这时候真的已经睡着了吗？会不会从梦中惊醒？

父亲叫肖远，今年七十多岁了，是西昌舰的第一任舰长。三十多年前，国产的西昌号驱逐舰刚刚服役下水，就参加了那一场著名的海战。激战中一颗炸弹在后甲板爆炸，不知震坏了机舱的哪块部件，引起高压锅炉管道着火和严重泄漏。当时情况很危急，一旦高压锅炉爆炸，西昌舰只有沉没。根据险情判断，剩下的时间只有九分钟，机电部门一片紧张和慌乱。要命的是能够处置这种情况的两位老水兵却是海战中的新手，他们更知道形势的危急，一时都蒙了。一个由于过度紧张，双手不停地发抖，工具都掉到地上了；另一个脸色苍白，满头大汗，手里捏着工具在原地转圈。边上的人急得不知怎么办才好，甚至有人提出赶快弃舰。这时，舰长肖远从舰桥冲到机舱，刚要发火，随即镇定地说："有我在这儿，不要急，慢慢弄。"还真怪，两个水兵很快就镇静了，熟练地开始抢修。突然，舱面又传来一阵爆炸声，头顶上的一根横梁朝两个水兵砸了下来。肖远冲过去，用身体挡住了。西昌舰得救了，肖远在医院躺了三个多月。以后的日子，他无论是担任支队长，还是舰队司令，只要西昌舰一起航，他受伤的腰部就会隐隐作痛。

昨天上午，在海军博物馆隆重举行了西昌舰退役仪式。选定这个日子也是因为肖远，他在舰队医院已经住了一年多了，记不清多少次的化疗和放疗，已经让他铁塔一样的身子虚弱不堪。本来，医院坚决不同意他再走出病房，但是，海军和舰队的首长经过认真研究，觉得这个仪式肖远必须参加，并要求卫生部门拿出保障办法。经过气象部门的预测，昨天的海边无风，温度达到二十八摄氏度，是三月份以来难得的好天气，终于符合医院提出的要求。

肖远从救护车上下来时，身穿已脱下九年的海军中将军装，一帮医护人员带着各种抢救设备，用轮椅把他推上了甲板。西昌舰的每一任舰长跟在他的身后，依次走上军舰。现任舰队司令员宣布西昌舰退役命令后，肖远缓缓地站立起来，点着后任的八位西昌舰舰长的名。而后，他用沙哑的嗓子慢慢地讲了起来，讲得很平静，只是详细地讲西昌舰的年龄、吨位、各个部位的尺寸，以及西昌舰执行的每一次任务和受过的伤。排在最后的肖海波看到身边的几位老舰长泪流满面。这么多年，父亲从来没有表达过他对西昌舰的特殊情感，他没想到父亲在和军舰作最后告别时，依然没有表达，甚至没有评价西昌舰。原以为父亲会流泪，但是没有。他命令自己也别流泪，但眼前还是模糊了……

不到半个小时的讲述，肖远喘着气停顿了十多次，护士用手绢不停地擦拭他额头上的虚汗。临下舰时，肖远摸着舰上的主炮喃喃地说：再见了，老伙计，我们都退了……等我出院了再来看你。但边上的肖海波知道父亲不可能再看到这艘军舰了，父亲的病情他很清楚，不可能再出医院了。正因为这样，大家才告诉他西昌舰要永远待在这个博物馆。父亲更不可能知道，这艘军舰马上要离开博物馆，去执行它最后一次任务。

肖海波已经被任命为新的西昌舰舰长，这是国产最新型导弹驱逐舰。新舰已经下水，最后一次试验成功后，就要服役。这个试验就是要验证舰上新型导弹的打击能力，如果仅用一枚导弹就能击沉一艘驱逐舰，新西昌舰就合格了，而老西昌舰就是这次试验的靶舰。肖海波面临的就是，他只有亲手击沉老舰，才能驾驶新舰进入人民海军的序列。

肖海波当然知道，过去，老西昌舰只要一起航，父亲的腰部就会疼，所以他担心老西昌舰离开博物馆的事无法瞒住父亲。为这件事，他专门与他父亲的主治医生商量多次，医生们研究了半天拍着胸脯说保证没有问题，因为首长的癌症已到晚期，浑身都在剧痛，每天晚上需要注射镇痛剂才能入眠。他腰部原来的隐隐作痛和现在的病痛相比，可以忽略不计，自然也不会再察觉了。肖海波还是不放心，为了万无一失，上级批准西昌舰选定在凌晨出发，这时候父亲已经在药物的作用下进入深睡眠了。

西昌舰缓缓地沿着海湾航行，除了左边远处海岸边偶尔冒出的点点渔火和航标灯，剩下的都是漆黑一片，大海也仿佛睡着了。负责夜间值班的副舰长劝肖海波抓紧时间回自己的舱室休息，因为明天下午到了目的地，他还要指挥新西昌舰参加重要的试验。

肖海波回到舰长室，躺在床铺上，刚睡着没几分钟，就莫名其妙地惊醒，这是以前从没有过的，他觉得有什么不对，赶紧起身穿衣奔向舰桥，问正在指挥驾驶的副舰长有没有异常情况。副舰长让他问愣了，说一切都很正常。肖海波看看确实没有什么事，但就是不想离开舰桥。他找了个理由，笑着对副舰长说："新西昌舰靠电子信息系统指挥，指挥室在舰艇中心舱里，外面什么情况在屏幕上都一目了然，上舰桥来的机会也不多了，我就在这儿再待一会儿。"刚说完，信号兵报告左侧海岸边山头有信号。

副舰长说："是不是睡迷糊了？这个山头上没有信号灯塔。"

肖海波也知道信号兵肯定弄错了，这段航道他太熟悉了，左边山头是……忽然他身子一激灵，跳了起来，赶紧拿起望远镜朝山顶看去，马上呆住了。

山顶上有一个小亭子，亭子里有几个人，父亲肖远坐在轮椅上，正用手电朝军舰发着信号，反复只有两个字：去哪？

肖海波知道舰队医院就在山那边，医院离这个山脚有几公里，这倒并不要紧，因为有公路。问题是山脚到山顶的石阶路有一公里多，父亲是怎么上去的？无论是抬、背，医护人员固然辛苦，父亲的病躯要承受多大的痛苦和危险？更不用说现在夜里海风很大，很冷。这一切他没法儿细想，因为父亲的信号还在问他，他必须赶快回答。

父亲果然没有被瞒住，镇痛药能镇住癌症病痛，却无法割断他对西昌舰的牵挂。肖海波觉得关于西昌舰的一切，他是无法隐瞒父亲的，现在他只能将全部真实情况告诉父亲。但是他遇到一个技术难题。因为这次导弹试验密级很高，信号灯的语言是全世界统一的，如果现在用信号灯告诉父亲，那就会严重泄密。怎么办？

他想起了自己小时候，常常和一帮小伙伴光着屁股趴在沙滩上，等待着父亲们出海归来。那时，国产驱逐舰还没下水，父亲还是快艇艇长。记得有一次，因为小伙伴的父亲没有回来，父亲对那小伙伴说："你爸爸远航去了，去了很远很远的地方。"多年以后，肖海波才知道那个叔叔在战斗中牺牲了。他马上对信号兵说："回信：军舰要去远航，要去很远很远的地方。"

父亲似乎明白了什么，但依然不死心，又问：远航？

肖海波回答：是的，就像我小时候那个叔叔远航一样。

父亲那边又问：为什么？真是最后一次了吗？

肖海波回答：是最后一次，也是第一次。

父亲那边停了一会儿，又问：第一次什么时候？

肖海波回答：很快，但是军舰变年轻了，就像您当年第一次见到它一样年轻。

父亲好一会儿没有回信，军舰快要驶远了，肖海波命令放慢航速再等待一会儿，父亲终于回信：我真羡慕他，能在轰轰烈烈中远航。

军舰渐渐远去，山上再也没有信号发出，肖海波这才发现自己刚刚读懂父亲。这时，他在望远镜里惊讶地看到，父亲的眼角闪着亮光。这是他第一次看到父亲流泪。

一个月后，按照肖远的遗嘱，在我国最新型的导弹驱逐舰西昌舰上为这位老舰长举行了海葬仪式。

归　航

巨浪猛扑过来，掠过右甲板，迎头浇盖了整个舰桥。舰长肖海波心头一凛，死死盯着右边的海面。一个巨浪更加猛烈地狂扑过来。他冷笑："果然是你！"紧接着，舰身大幅度左斜。他扶牢站稳，对那个把身躯捆在铁座椅上的操舵兵果断下令："右满舵！"

海情这么糟，一切都在预料之外。从日本海过来的"丽莎"台风，原来预测是九级，所有舰艇全部驶离军港，进入防风锚地。没想到，风力骤升到十一级，上级命令机动防台，防风锚地的五艘驱逐舰、八艘护卫舰迅速撤离驻泊海湾。偏偏，肖海波的西昌舰却无法离开，围着防风水鼓来回打转。

西昌舰是新型导弹驱逐舰，肖海波任舰长已有三年。他知道，一般的台风对他和西昌舰来说，不算大事。但他下达出航命令时，立即感到了异常：兄弟舰很顺利地解缆起锚，西昌舰却无法解开缆绳离开防风水鼓。"丽莎"风向向南，机动防台必须顶风，军舰统一迎着台风向北航行就可以了。可西昌舰遇到的麻烦是，一股更大的台风从偏离航向九十度的方向扑来。巨浪早就一次次冲上甲板，水兵根本无法过去解开缆绳。肖海波马上反应过来：军舰被狡猾的土台风咬住了。这太平洋上的土台风，来无影，去无踪，根本不在预报的视线之内，也没法预防。这风，肖海波遇到过，也与之较量过，虽然没有输过，但心里并不托底。

军舰左右猛烈摇晃，有几次和钢铸水鼓擦肩而过，有些官兵开始慌神。一个老水兵在腰上系上保险带，要冲出舰桥，试图在巨浪间隙中解缆，他半个身子刚出舱门，肖海波一把把他拽回，吼道："想喂鱼呀?!"

怎么办？肖海波自己把头伸出舰桥舱门，看着缆绳那侧的甲板随波浪上下摇摆。那几千吨的水鼓上拽住军舰的缆绳异常结实，随着风浪和军舰的摇晃，缆绳一下子沉入水中，一下子又划破海面从水里跳出，绷得笔直。每绷直一次，都散过来大片的水珠和水雾。一沉、一拉，一沉、一拉，这每一次变动，都扯动着肖海波的心。突然，一个更大的浪过来，缆绳猛地绷直。肖海波一咬牙，一把斧子从他手中飞了过去，他心中大叹一声："晚了！"斧刃准确地砍中了绳子的中间，但舰身随着波浪左斜，绳子也开始下垂，斧刃和缆绳的撞击远远没有产生应有的力度，滑过去了。

"手里只剩一把斧头了！"肖海波对自己说。他握住斧把的手有些颤抖，他必须计算好时间差，更重要的是，能不能再次击中！如果这次失败，要不了半小时，更大的风浪就会过来，西昌舰就只能和钢铁铸就的水鼓不停地碰撞了……

台风不允许他犹豫，他努力对自己说："你能行，能行！要静下心来！"缆绳刚弹出水面，斧子就飞了过去，在缆绳绷得最直时，一下子给斩断了！

西昌舰像脱缰的野马，飞速驶离锚地。

一团蓝色的火球从远处的海面滚过，不一会儿传来一阵闷响，是滚地雷！滚地雷是南太平洋特有的怪物，沿着海平面乱窜，一般的避雷装置对它没用。南海岛屿上不少人都吃过它的亏。西昌舰设备先进，不怕。但看到了滚地雷，肖海波更加断定今天这土台风是传说中最凶狠的，自己以前没有遇见过。不一会儿，像是为了印证他的判断，更猛烈的风变换着方向来回推揉着舰身，能听到舰上的龙骨在嘎嘎作响。巨浪中，几千吨的西昌舰像一叶小舟，前挑后撅，左晃右摆。有两次，舰身倾斜角度超过了六十度，似乎就要翻身沉入海底，但它还是倔强地回过身来，昂起舰艏。

现在，无关人员都撤离了舰桥。电报员只能趴在地上发报，肖海波也只能抱着柱子，努力不让自己滑倒。不行，一定要赶紧想出对策，救出这条舰！他不知怎么办，开始慌神，但很快镇静下来。也当过舰长的父亲曾对他说过，海情简单时，不能大意；海情复杂时，千万不能害怕！眼前，土台风像一条毒龙死死缠上了西昌舰，四面都有狂风巨浪的重围，怎么也冲不出去。

他久久凝视着海面。

突然，他腾出左手，揉了一下眼睛，又揉了一下，心里一动。

他连忙问操舵兵："看见左边那个大漩涡了吗？"

操舵兵立刻点头。

"就朝那儿开！"

操舵兵回头诧异地看着他："朝那漩涡开？"

"是的，执行命令！"

没有犹豫，舰艇马上左拐三十度，猛一加速，一下子冲进了那片有漩涡的海面。

舰身好像变得平稳起来。

肖海波长吁了一口气：又一次判断正确了。

现在西昌舰到了土台风的中心，在台风中心，风力是最小的。那海面上的漩涡，正如他的判断，不是洋流汇出来的，是风在水面吹出来的。看来，平时的功课真没有白做！

舰桥里的几个兵，管舵向的、管速度的、管航线的、管报务的等，此时都回过神了，用钦佩的目光看着他们的舰长。肖海波羞于接受这种钦佩：暂时是安全了，但依然在最危险的地方。下一步怎么办？副舰长早让他派到了轮机房，那里非常重要，舰桥是军舰的脑子，轮机是军舰的心脏。台风刚来时，有几个新兵晕船呕吐，吐出了胆汁，有一个昏头昏脑差点儿掉进海里去。舰医出身的舰政委就是有办法，思想和身体一起调理，把他们稳住了，到现在也没人惹麻烦。台风中晕船不是小事，20 世纪 70 年代，发生过几次新兵因受不了晕船呕吐而跳海的事件。

台风中心在朝西移，但具体方向老是变来变去，肖海波只能凭自己的经验，指挥着军舰与台风中心同步西移。舰身还算平稳，但巨浪仍然在不远处虎视眈眈地包围着他们。

什么时候风能小下去呢？这是他现在最想知道的问题。土台风无法预测，上级也没法告诉他。怎么办呢？

忽然，他心中一阵发空，几乎同时，他听到报告："舰长，我舰已进入公海！"

每次离开祖国的领海，肖海波都会感觉心里空空的，但现在立刻变沉重了——由于高度紧张，不知不觉在台风中心已航行八个小时了。以往对付土台风，如果冲不出去，就拖时间，台风闹腾一阵，就会慢慢变弱，像乌合之众，各自散去。而今天这个土台风，看样子绝非善类，铁了心让军舰跟着它走。再这样被台风胁持着漂下去，不知会漂到哪个国家，会不会引起一系列麻烦？还有，航道上会不会遇到暗礁？肖海波的心揪了起来！

新舰服役时，首长对他和舰政委说：这么好的家当，就由你们收拾了，记住，军舰只要一离码头，不管遇到什么难处，不能指望别人，要靠自己过硬的本领！是的，靠自己，不能一直这样，要冲出去！

可冲出去，行吗？

肖海波脑中飞速盘算。难度大，风险也大呀！台风是旋转的，冲出去就必须顶着风，还要同时朝外围偏离。台风旋转无规律，要突围，军舰的速度和航向只能靠他的即时判断，稍有差错，让台风和巨浪从侧面拦腰掀起，军舰就可能被掀翻。他深情地看了看身边的几个操作兵，他对他们每个人都了如指掌，但是在这生死关头，他们对他这个舰长有没有信心？

他下达了突围命令。几个兵没有吱声，都回首看了他一眼，他用眼神给予了回答。按规定，遇到突发海情，航线变化是合理的。上级也来电指示，让他们根据具体情况处置。但是，水兵们的眼神告诉肖海波，他们有信心，也赞同舰长的决定：突围！

很快，军舰掉过身来，冲进了狂风巨浪。庞大的舰身，在肖海波和水兵们的操纵下，竟然变得如此灵活！不管风向怎么变，巨浪怎么打，舰艏总是紧紧咬住台风的风头。台风好几次绕到了舰身的左侧，想咬住它，把舰掀翻，都没有成功。舰艏和左甲板都像勺子一样伸进了巨浪，并且每一次都把巨浪的牙齿击碎。每一次快要冲出台风圈的时候，总有一个更高的巨浪张开大口，似乎要把西昌舰吞掉。肖海波知道这张大口的后面，就是平静的海面。他终于下定决心指挥操作兵操纵军舰冲进了那看似凶猛的大口……

突然间，舰身一震，恢复了期待已久的平静。肖海波眼睛一闭，凉凉的东西从他的面颊流下。他回过头去，看到身后的海面上，一条“巨龙”翻滚着远去。再回过头来，霞光万道，风平浪静，一条金色的航道在前方展开。

“向着祖国，归航。”他呢喃了一声，但水兵们都听到了，响亮地回答：“归航，向着祖国！”肖海波忽然意识到，这是他下达的命令，是他当兵以来，声音最轻的命令。

彼　岸

要说这龙风岛上的居民，海虎是老资格了。

海虎是一条军犬，纯种的德国黑贝。从海军陆战队驻守龙风岛以来，海虎就一直住在这里。兵换了一茬又一茬，海虎总是站在码头热泪盈眶地看着它那些身穿海洋迷彩服的伙伴消失在海天相连的地方，又含情脉脉地迎来新的伙伴。

一晃十年过去了，海虎老了。

驯犬员王海生是七年前上岛的。前任把海虎交给海生时，他还是个新兵，如今已是三期士官。在岛上论资格，海生仅次于海虎。别看现在在礁盘上巡逻，是海生牵着海虎，海生刚上岛的头一年，上礁盘都得要海虎带着。这龙风岛在南中国海的南端，大小不会超过两个足球场，四周都是白花花的珊瑚礁。那礁石像花一样绽放在海面，可每个海石花缝隙之间多是几十米深的海沟，谁要是一失足掉进去，出来的可能性几乎没有。特别是涨潮时，不少珊瑚礁在水下，巡逻时走上去，哪儿能落脚，哪儿要避开，一般士兵不摸个一年半载是不会清楚的。在这种情况下，都是要靠海虎来当向导的。

海虎退休的命令是由一艘地方的水船带上岛的。一同上岛的还有一条从军犬训练基地毕业的年轻黑贝，名叫金钢。海生虽然心里有准备，但没想到上级的动作这么快。他赶紧找到队长，要求马上请示上级，把海虎再留下来一段时间，就当是超期服役。

队长是去年刚从军校毕业后上岛的，年龄比海生还小两岁，对老同志海生的意见自然不好当面否决，就劝他："老王，我知道你和海虎感情很深，要不战友们怎么都把你们俩叫兄弟。"

海生不否认他和海虎的兄弟关系。海虎原来叫大宝，听起来像一个化妆品名，正因为战友们这么说，海生索性给它改名叫王海虎。

队长叹口气："谁都讲感情。可你想过没有，就算这狗，哦，是王海虎同志，和你一样真是个人，人也要退休的呀。你放心，我问过了，海虎退休回陆地后，就进入军犬休养队，有人伺候着它，何苦让它在这儿吃这么大的苦。这也叫老有所乐，老有所养嘛。"

其实这些，海生都知道，他想了想说："我感情上不想让海虎走是一方面，主要还是咱龙凤岛现在离不开它。"

队长一愣，马上笑着说："金钢不是上来了吗？再说了，真没有军犬，咱海军陆战队就守不了这么个小岛了？"

海生说："队长，你看咱们岛上的队员，现在基本上是一年一轮换，连前几任队长也是两三年就高升走了，所以，你也快升了。"

队长笑着揍了他一拳："哄我有意思吗？净拍不花本钱的马屁。"

海生一脸认真地说："我听我师傅说，海虎刚到龙凤岛也是两眼一摸黑，有两次上礁盘也是差一点掉到沟缝里，一年半以后，它才完全熟悉地形。你说，要是我这兄弟一走，这礁盘上巡逻的安全可要伤你脑筋了。你别看着我，我是指望不上的。大家说我是活礁盘，那才胡扯呢，没有海虎，我可不敢上礁盘。"

队长看海生不像是自我贬低的样子，还真有点疑惑了。忽然，他想起了什么："好你个王海生，我差点让你糊弄住了，前几天你这弟弟居然爬到我的床上，你说它老了，眼睛花了。咱海军陆战队巡逻还非得让一条老花眼的军犬领着？”

这回海生心虚了，这狗确实眼睛有些老花了，其实他早知道，只是队长刚发现罢了。不过，他有招儿，回头叫了一声：“王海虎同志。”海虎马上跑了过来。海生说：“快去把视力表拿来。”海虎一溜烟儿不见了，不一会儿，叼来一张大家常见的视力表。不过，这视力表一看就是海生用钢笔描出来的，上面的 E 字都长得不太周正。他打开一个小木箱，笑着对队长说：“这也是水船刚带上来的。”说着，掏出一大把眼镜，有十多副。

“你这是干什么？”队长纳闷了。

海生把视力表用饭粒粘在椰子树上，让海虎在距离视力表五米处坐好。他拿起一副眼镜，用橡皮筋给海虎戴上，像模像样地测起视力来了。

战友们都觉得好玩，围过来看怎样给狗测视力，都说海生这么闹着玩儿太有创意了。

没想到，海生让海虎测视力的效果很好，这小子肯定让海虎对着视力表训练好长时间了。海虎戴上老花镜，像模像样地伸起右前爪上下左右地挥舞，等换到第五副眼镜时，它的视力达到了一点五。

“好了，你不当飞行员，这二点零就不指望了。”海生拍了拍海虎的脑袋，转身问队长，“怎么样，你还能说它视力不行吗？这叫老狗伏枥，志在海疆；海虎暮年，壮心不已。”

队长又好气又好笑，但是完全被海生这番真情和心血感动，他不声不响地去了趟队部，回来后对海生说：“请示了一下，就让海虎在岛上再待一阵吧。我汇报了它的作用，让它带带金钢。”

海生惊喜地抱起海虎：“快亲队长一下。”

海虎似乎也明白了，还真张开了嘴，友好地露出白森森的牙齿。队长闪身连连摇手：“好好好，心领了心领了。”转身去忙他的去了。水船上的船员看到岛上这条戴着老花镜的军犬，都感到新奇，围过来和它合影留念。

于是，礁盘上经常看到海虎领着金钢在熟悉地形。

水船走了没两个星期，岛上就出事了，还真亏得有海虎。

是从菲律宾来的三号台风。台风来的时候，巨浪滔天，大雨瓢泼。海虎测视力用到的那棵椰子树，一头秀发随风飞舞一下就成了板寸。战士们防台风都有经验，躲在钢筋水泥碉堡里没有出来。

事情出在台风刚走时。防台风时两边窗户都要打开，风带着雨从这边进去再从那边出来，自然就有一些雨点落到桌子上，值班室的值班日志放在抽屉里被渗进的雨水打湿了。通信员见台风走了，雨也停了，火辣辣的太阳又出来了，赶紧把值班日志放在窗台上晒，没想到，忽然来了一阵怪风，把值班日志吹跑了。这风来得很不地道，一点征兆也没有，更不用说预报。这是南中国海上自生自长的土台风，通信员没经验，一下子中了招。

那值班日志像个方轮胎朝海边滚去，等几个战士追到海边，值班日志已到了海里。情况非常紧急，要知道不少国家的侦察船只经常在这片海域出没，这本子要是真落到他们手里，麻烦就大了。因为这时涨潮，太危险，没法行走，也没法游，战士们无法下水。就在这时，海虎一下子扑向海面，它优美地扭动着身子，熟练地在水面上跳跃，每一次都准确地踩上水下的礁石，不一会儿，就一口叼住那本值班日志，在大家的欢呼声中返回。突然，一个大浪打了过去。等它再从浪里出来时，行动有些迟缓。海生知道是海水把海虎的老花镜打模糊了，心一下子提了起来。但海虎没有让大家失望，它叼着值班日志，凭着自己的感觉，又跳跃起来，很快回到了岸上。队长从它口里取出值班日志时，激动而又深情地抱着它亲了一下。

第二天早上，海生发现海虎走路时右后腿有些瘸，一看，它的右后腿根部居然有个一寸左右的口子，而且红肿了。海生急了，要知道，虽然现在是初春，但是岛上的温度却有四十多摄氏度，要是伤口处理不好，海虎很危险。他赶紧从卫生员那里要来碘酒和消炎药，搬来一把椅子，让海虎坐上去，命令它抬起前爪直立起来，而后，用药棉蘸上碘酒为海虎的伤口消毒。

当伤口涂上碘酒时，海虎一阵惨叫，是伤口部位被碘酒刺疼了。慌乱中，海虎用前爪把海生推开，刚好抓到海生的额头，划去了一块皮。不一会儿，鲜血顺着海生的鼻梁流了下来。海生捂着额头朝门外跑了几步，又回来用另一只手拍拍吓呆了的海虎："没事，没事。"

因为岛上没有狂犬疫苗，而且海岛到陆地有两天两夜的航程，上级很快派直升机把海生接走了。

海生一走，海虎开始不吃不喝了。

开始，大家也没太在意，觉得它只是一时的意气，虽然它知道自己误伤了海生，后悔，虽然它想念海生，但毕竟是狗，肚子饿了吃东西是本能，饿极了还能不吃？

这样到了第三天，大家知道了问题的严重性。队长让大家想办法，海生的战友们拿出自己珍藏的宝贝，有排骨罐头，有牛肉罐头，还有红烧肉罐头，一共十几种，放在海虎面前。任凭香味环绕，海虎的鼻子居然没有丝毫反应，更不用说吃了。到天黑时，由于天气太热，这些罐头只好让金钢当自助餐了。

从军用长途电话里得知海虎已饿了三天，海生在医院里急得脸都白了，赶紧找到医生，要求出院。医生训了他一顿："你没拆线就想着出去？再说还有一针狂犬疫苗没有打，你不要命了！上级批准用直升机救你来医院，你以为是闹着玩的？"

他只好偷偷溜到码头，到处打听有没有到龙风岛的船只，一连三天，都没找到。他急得真想跳进海里游回去。第三天晚上，总算找到一只去金沙岛的水船。海生苦苦哀求，终于把船老大打动，船老大同意多绕半天航程，把海生送到龙风岛。

那两天的航程，对海生来说，是两周，两个月，乃至两年，漫长而又令人焦虑。等两天后水船靠上龙风岛码头，没等跳板摆好，海生就飞一样奔向海虎的住处。

犬舍里，队长和几个战士正在摇着一动不动的海虎，队长用手在试它的鼻孔。海生心里一阵激荡，全身都凉了，冲过去扒开他们，大叫："海虎！海虎！"

忽然，海虎缓缓睁开了眼睛，耳朵也慢慢竖了起来，它看到海生，眼珠子顿时闪亮起来。海虎抬起身，居然吃力地挣扎着站了起来，它没有停止，继续吃力地把自己的两个前腿抬起来张开，像人一样直立起来，一头扑进了海生的怀里。

海生紧紧地抱住它，眼泪止不住掉下来。他喃喃地说："好海虎，想死我了，快吃东西吧……"忽然，他停住了，感到海虎全身重量都压了过来，他两只手没抱住，海虎整个身躯像小山一样塌了下去。

金　钢

陆颖墨

一

凌晨三点，礁长钟金泽准时起床，猫腰悄悄出了礁堡的门洞，到了平台。说平台，也就相当于半个篮球场，整个礁堡矗立在茫茫南沙海面，底盘也不过一个篮球场大。

今天夜里凉爽了，除了哨兵，大家都睡得很香甜。为了这香甜，礁上关闭了柴油发电机，用太阳能储存的电保障仪器设备的运行。钟金泽快步走到礁堡的西侧，见军犬金钢正在呼呼大睡，他百感交集。昨天傍晚，钟金泽喂了它两片安眠药，它终于踏实地趴下了。

钟金泽眯起眼睛，看了看平静的海面，又仰望满天的星星，重重地叹了一口气。他转过身去，蹲下凝视熟睡的金钢，像是有感应，金钢动了一下。它醒了？没有。金钢舒服地翻了个身，还是呼呼大睡。听鼾声，睡得比刚才还要香甜。

这南沙的海面像镜子一样，满天繁星映在上面，晶莹剔透。放眼望去，上下两个星空在天边无垠处相连，分不出哪儿是天，哪儿是海。钟金泽恍惚间，礁堡也变成了一颗星星，进入了太空。

这里是中国海的最南端，乘军舰到海南岛至少要五十个小时，到西沙永兴岛要三十多个小时。去最近的兄弟礁堡，也要坐上五六个小时的舰艇。

都说四月的南海西湖的水，浪小海面平静。现在已经到了七月，海面还像四月一样平静，平静得让人害怕。钟金泽下意识地摸摸自己的膝盖：伙计，天气预报准吗？

来南沙前，他在西沙待了十多年。岛上湿度大，腿关节染上了严重风湿，老是咯咯作响。膝关节不同程度的疼痛，告诉他要来什么样的天气。小疼是天天有，如果疼得要贴膏药，那雨就要来了。去年九月份，他调来南沙守礁，这儿的湿度比西沙还要大，所有人在礁上都要戴着护膝。在西沙，虽说小岛不到一平方公里，但有泥土，有植被，植被在茫茫大海中具有调节湿度的能力。而南沙，礁堡就是一个水泥墩子，杵在水中央，空气中的湿度，还有温度和盐分，要比西沙高出许多。所以在南沙上了礁，虽然有护膝，但他还是经常要贴膏药。一旦要下雨，就疼得受不了，得吃止痛片。吃几片，就知道雨多大。昨天下午，他吃了，还好是一片。

凌晨三点半了，指导员也悄悄来到了平台。班长刘岩带着两个老兵抬出了橡皮筏子。钟金泽走过去，拽了拽筏子上的绳子，有些走神。腿是不怎么痛了，心里却痛得厉害：半小时后，金钢就要乘着这个筏子，在茫茫大海上独自漂流……

二

金钢跟随钟金泽已经五年零八个月了。在西沙，每一次巡逻，它都在前面引路。特别是在珊瑚礁上，有金钢领着，就能在潮起潮落中，轻松避开那一条条深深浅浅的海沟。要是遇到复杂天气，金钢的作用就更大了。

在西沙守岛部队中，金钢是出了名的。它能在一群避风的渔船中发现危险品，避免重大事故；它能在漫天大雾中帮助部队准确找到目标；它还能在台风的间隙，给困在哨所的几个战士送去食物。

钟金泽当排长那会儿，有天海上突然起了土台风，一艘渔船中招，在岛西边触礁散了架，七八个渔民都掉到海里。土台风是南中国海的“特产”，突然生起，突然消失，神出鬼没，无法预报。还好台风中心没到，战士们开着小艇，顶风把他们一个个救到岛上。渔民们感激地流泪鞠躬，但叽里呱啦的，战士们听不懂说了什么。新兵刘岩是海南黎族人，在哨位值班，被钟金泽找来，钟金泽让他听听这些人说的是海南哪儿的方言。刘岩一听就急了：“他们不是中国人！”从刘岩那双喷火的眼睛，钟金泽马上明白这帮渔民是哪里来的。刘岩的父亲也是渔民，一年前打鱼被台风吹到他们那边，让海上巡逻队抓住，被打伤了腿。因为这事，刘岩连大学都不上了，直接到了海军部队当兵。突然，刘岩抄起根棍子要冲过去，钟金泽急忙把他抱住。

这时，金钢猛叫了几声。钟金泽抬头一看，岛南边海面上漂浮着一个红点。是个渔民，被浪从西边打过去的。钟金泽赶紧解开摩托艇的缆绳，上艇发动引擎要去救人。不料，咯噔一下，小艇猛地刹住，他一个踉跄，差点儿冲到海里。回头一看，刘岩把缆绳套住了，不让去。小艇的发动机还在快挡上运行，缆绳拉得笔直，小艇像要飞起来。艇尾离岸三四米，他够不着。正干着急，只见金钢一口咬断缆绳，飞身跃上摩托艇，小艇箭一样冲了出去。

快要接近目标时，浪变得更大，小艇不敢停下。眼看着渔民就要被大浪吞没，钟金泽冒险让艇身划了个大弧，小艇从对方身边掠过的刹那，金钢把口中的缆绳猛地甩出，对方接住了。

台风过后，上级派船把渔民接走了。因为这次救人，钟金泽和金钢，还有几个战士都立了功，刘岩挨了个处分。

刘岩憋了一肚子火。那天，他看到金钢尾巴一摆一摆的样子，气就不打一处来，踢了一脚它的屁股，那一靴子上去还真不轻。金钢一声惨叫，转身反扑过来，一下把刘岩扑倒在地，白森森的牙齿压住了刘岩的喉管。刘岩吓蒙了。远处的钟金泽一看，大叫“金钢”，直奔过来。可谁想，金钢早就收了爪子，还咬着刘岩的衣服拽他起身。刘岩满脸通红，气急败坏地又捶了一下金钢。当然，这回不敢用劲了，金钢像被按摩了一下，欢快地叫了起来。从此，金钢老是围着刘岩闹，亲热得很。

有一年夏天，两栖突击队来西沙海训，上了岛。带队的连长和钟金泽是一个新兵连的。这小子入伍前就是省里的少年武术冠军，当兵后又考上了特种兵学院，武艺高超是全海军有名的。他没想到在岛上能见到钟金泽，特兴奋，聊个不停。钟金泽听他侃，开始觉得挺开眼界，渐渐觉得话头不对，牛了，似乎有点儿小瞧守岛部队的意思。钟金泽就截住话头，把金钢抬了出来。没想到这家伙说："兄弟，落后啦。这金钢，守守小岛、看家护院还行，遇到我们正规军，就差点儿事儿了。"钟金泽心里不爽：怎么啦，你特种兵是正规军，我们守岛部队就不是啦？他马上让刘岩把金钢叫来："你俩比比，看谁差点儿事儿。"那连长说："让军犬跟我比，比啥？无声手枪一枪就够。"钟金泽问："用无声手枪算啥本事？"连长反问他："敌人来偷袭，还约好立个规则？"他拍拍钟金泽的肩："兄弟，时代不同啦。"

"啥不同啦？"钟金泽冷笑了一下，"你用无声手枪试试看。"

"我不试，别坑我。"

钟金泽根本不让步："谁坑你，橡皮子弹你不会用啊？刘岩，防弹背心给金钢穿上。"刘岩应了一声，马上把印有军徽的军犬防弹背心给金钢穿上了。

"别穿了，还背心呢，我是枪枪爆头。"连长说。

"你爆给我看看。"钟金泽为了金钢，为了守岛部队，非要争这口气。两个人争来争去，最后上级同意他们用橡皮子弹比试一下。

比试在小操场进行，守岛部队和海训部队都来观战了。当刘岩牵出金钢时，那个连长一怔：这是哪一出？金钢居然没穿防弹背心，却戴上了像防毒面具一样的头盔。他觉得钟金泽糊涂了，比武的要诀就是一枪爆头或击中心脏，不让军犬发出叫声。但连长没敢轻敌，飞快闪进了操场旁的椰林，借着椰树和金钢周旋。几个来回下来，他卖了个破绽，突然一下跌倒。金钢飞腾而起，直扑过来，连长迅速拔枪反身对它心脏射击。但一扣扳机，他立刻愣住了——金钢跳起来的时候，用左前爪紧紧护住了胸口，橡皮子弹击中了它的前肢。几乎同时，金钢发出了一种人们从未听到过的吼叫，低沉而又有力，这种声音传得很远很远。

连长马上明白，金钢受过特殊的训练：当它被袭击时，在生命的最后时刻，会用尽全身的力量向部队报警！

在场的人都被金钢的一声吼叫镇住了，这是一个真正的勇士以生命相许的誓言！

在吼叫声中，连长快速向左避开。但金钢在空中弹起的瞬间，依然盯住他的动向，变换了身姿，侧身扑到了左边，拖住了连长的右腿。

连长服气了！

比武结束，连长走过去对着钟金泽就是一拳："没想到你小子还挺狡猾。不让金钢穿防弹背心，给我卖了个大破绽。"当天，他就拿金钢的这声吼叫来激励第一次参加海训的新兵——看看人家金钢！

这一声吼，也让钟金泽出了名。从海岛的实战出发，他在金钢身上费了多少心血、开了多少小灶可想而知。也确实，为了让军犬在海岛更好地发挥作用，这些年，钟金泽真是没少费心思，摸索出大量的经验。

所以，他十分有底气向上级要求：带着军犬金钢到南沙守礁。

三

军犬为西沙守岛部队立下了汗马功劳。南沙的守礁部队，也尝试让军犬上岗。但是，经过一个阶段的试训，没有一只军犬能在南沙待够两个月，最后都让补给船或经过的渔船捎回了陆地。那时，钟金泽在西沙，一直关注着这件事，听到一次次尝试的失败，感到很惋惜。直到去年，听说上级决定放弃这种尝试，开始研制"电子狗"，他着急了。因为金钢，他对所有的军犬都有深深的感情，他不愿意让军犬认这个输。凭他的经验，军犬的嗅觉、听觉，尤其是第六感觉，"电子狗"是无法替代的。

钟金泽不甘心！他一次次地请求，终于，上级同意他带着金钢再做一次尝试。

按照专家的结论，人在礁盘上的极限是三个月，超过三个月，会慢慢变得狂躁和思维退化，所以守礁的士兵都是三个月一轮换。但这几年，有不少海军官兵打破守礁的纪录，从三个月到六个月，再到九个月甚至一年。钟金泽想，既然人在不断突破极限，金钢也应该能闯过这个难关。而且和别的军犬不一样的是，金钢在海岛生存的经验丰富，更容易适应南沙的环境。特别是有一年西沙来台风，两个多月他们都没出过营房，应该和南沙的空间环境比较接近。他想，一旦金钢能在南沙礁盘上待够三个月，那就证明，只要训练对路，军犬是可以守礁的。那么每三个月，它们就可以和守礁部队一齐轮换了。

但是，钟金泽还是非常慎重地展开这次任务。他提出，他先上南沙守礁几个月，等情况熟悉了，再让金钢上南沙。

去年九月，钟金泽到南沙守礁部队担任见习礁长。在南沙，他感受到了和西沙不一样的体验。刚上礁不久，一场特大的台风从西太平洋猛扑过来，巨大的波浪一个接一个劈头盖过来，像要把礁堡变成潜水艇。等到巨浪过去，刚松一口气，台风从正面就冲击过来。窗户上几厘米厚的钢化玻璃啪啪作响，先是朝屋里慢慢鼓起，像块软塑料，紧接着出现了一条条发射状的纹路。钟金泽感觉玻璃就要炸开，问老礁长，是不是赶紧把战士们撤到地下室去？老礁长有经验，说不用。一整个下午，他死死盯着那鼓起的玻璃和一条条裂纹。那啪啪的响声，总像在告诉他，玻璃马上就要炸开了。玻璃终究没有炸开，但台风过后，还是换上了新的钢化玻璃。

第一次守礁，钟金泽就闯过了三个月的节点，轮换时，他要求留下来。到今年三月初，他整整守了六个月。要不是膝盖不争气，他还想再守三个月。当然，这六个月的见习礁长没白当，礁盘的潮汐规律，他烂熟于心，连天上北斗星随季节的变换，都记在了脑海里。

四

钟金泽是在今年三月随轮换部队下的礁。在陆地休整了两个月，觉得腿上的疼痛减轻了，他就和金钢一起上了南沙礁堡。

金钢刚上礁那十来天，可欢了。它见到了礁长钟金泽，还见到了老朋友刘岩。应该说，金钢上礁堡，钟金泽已经为它打造了相对熟悉的环境。

金钢在礁堡上开头那十几天，还真没事。但是日子久了，问题就来了。随着天气一天比一天闷热，金钢的舌头也越伸越长，喘气声也越来越粗。有个浙江新兵小周开玩笑说："这金钢刚上岛喘气像奔驰，怎么现在像推土机了呢？"虽说小周是开玩笑，但说到了钟金泽的痛处。金钢喘粗气，他听着心里也憋得慌。

小周在家里养着一条黑贝，所以见了金钢特别兴奋，没事就来逗金钢。他找了钟金泽好几次，要跟着刘岩一块儿训练金钢，钟金泽让他先陪金钢逗逗乐、解解闷，算是考察。

金钢不愧是金钢，不管天多闷多热，傍晚稍凉些，就跟着刘岩在平台转着圈跑开了。虽然场地过小，弯绕得有点儿急，有时头会眩晕，但金钢的跑步训练没有减少。一只军犬的爆发力，全在它的助跑上。如果不练，爆发力就会慢慢减弱。在南沙这么小的地盘上让金钢练跑步，还真不容易。钟金泽让小周给刘岩做帮手，这小周还真顶点儿用，上手很快。

落潮的时候，战士们走下礁堡，在礁盘上巡逻也带着金钢。但这儿的礁盘和西沙不同，吃水深，露出水面一块一块的，在路线上不连续，战士们不时要踩到没膝的海水里。好在这里海水很清，水里的礁石看得清清楚楚，战士的脚不会踩空，只是金钢要跑起来就很困难。看来，要让它熟悉这儿的地形，也不是一两天的事。

开始，金钢一直由刘岩牵着训练。到后来，小周在礁盘上的步子也扎实了，让他牵了几回金钢，把他美得不行。

一天天下来，终于坚持了两个月，到了七月底。天气预报，台风和雨季一周内就要来到。雨季，战士们欢迎，天变凉，还能收集淡水。但南沙的台风着实让人惊恐。

补给舰来了，这是台风前礁堡的最后一次补给。下次补给，要一个月后。

领导特地来电话问："金钢还能不能再坚持一个月？要不要把它接下礁盘？"钟金泽知道这是个严峻的问题。这一个月台风期，不光上级不会再派舰艇过来，其他船只也不会有了。他算了一下，金钢上南沙守礁已经有两个月零三天，超过了其他军犬最高纪录十九天。再有一个月，就胜利了。现在没有任何失败的征兆，凭什么让这次任务半途而废呢？如果这时让金钢提前离开礁盘，那他钟金泽和金钢这两个多月就算是白来了。

但是，万一金钢撑不过去呢？他心里颤抖了一下。那就彻底宣告军犬在南沙守礁的失败，部队只能等上级派"电子狗"来了。"电子狗"什么时候研制出来、效果如何，不得而知。

金钢不能走！在南沙，钟金泽如果这么轻易便宣告失败，就是对金钢的不负责任，也是对自己和部队的不负责任。一次次难关，他和金钢都闯过来了；一次次战功，他和金钢都立下来了。他的金钢什么时候丢过人？他钟金泽能从士官直接提干成排长，不就是因为立过一次二等功吗？那个二等功，钟金泽心里清楚，其中一半是金钢的。

他又想起了那次比武。发出那种吼声的金钢，能熬不过这三个月吗？自己六个月都能过，要不是膝盖，九个月也行，金钢能顶不住这三分之一？

礁上紧急召开支委会会议，钟金泽的意见大家都同意。

在军舰驶离码头前的最后三分钟，钟金泽正式向上级汇报："金钢留下来，能行！"

五

万万没想到，军舰离开后的第三天，出事了。

第三天上午有点儿闷，下午三点多突然起了凉风。大家看到旗杆上的国旗飘起来了，都到平台上乘凉。说乘凉，也都是穿得严严实实。要不戴上护膝，凉风带着湿气会悄悄地钻进骨缝；要不穿长袖，南沙的紫外线两小时就会让你脱层皮。全礁十二名战士，除了在机房值班的和下夜班补觉的，来了七八个。主角又是小周，这小子，仗着去过的地方多、见得多，就喜欢神侃，但也有人愿意听。开头几回，钟金泽听不下去，想让他收敛一些。指导员拦住了，说在礁堡上，巴掌大的地方，新的话题是化解寂寞的最好办法，有这个活宝在，能让他少操不少心。指导员比钟金泽小四岁，却是老南沙了，钟金泽这个新南沙当然得听他的。

这天，小周扯得有点儿远。他说自己属马，世界上带马的国家，他上中学时都去过。

马上有人问："哪几个带马的？"

"马来西亚、马尔代夫、马达加斯加、马赛、马德里……"

马上有人截住："等等，这马赛、马德里是国家吗？"

小周根本不接话茬儿，话题一转："我就说这个马尔代夫呀，就像我们南沙。"

对方又追上来了："哪儿像啊，是海水像吧？"

大家都笑了。

小周就像没听到，接着说，等他退伍了，就到南沙礁盘上来建个五星级酒店，再建个度假村，马尔代夫也没这儿漂亮。到时候，和他一起守南沙的一人给一套房。

大家又都哄笑了："那有没有金钢的一套？"

听到战士们开怀大笑，钟金泽心里也舒坦了许多。守礁兵在这茫茫大海、海天一色中，待太久容易抑郁，这大笑一次，起码管三天。

钟金泽坐在门洞口，没戴太阳镜，眯着眼睛仰看猎猎作响的国旗。上午湿度太大，都超过了百分之百，国旗湿漉漉的，紧挨着旗杆，像要滴下水来。下午来风了，国旗飘扬起来，能看出旗面上一道道深深浅浅的印痕，那是湿布面被紫外线照射的结果。正面对阳光的，红色褪了不少，藏在皱褶里的，颜色还很深。再细看，还能看见旗面上一圈圈不规则的白细线，那是空气中的盐分留下的痕迹。

小周说得兴起，站了起来，走到趴着喘气的金钢面前："你能不能守三个月？守够三个月我就给你整一套，咱俩做邻居。"见金钢光喘气不理他，小周觉得有些没面子，就用右脚尖拨开它的前爪。

金钢忽然抱住他的右脚，一口咬了下去。紧接着小周一声尖叫，抽出腿，退了好几步。要不是边上人拽住，他都要掉海里去了。

钟金泽正冲着国旗凝神，听到叫声吓了一大跳。金钢抱住小周右脚时，他以为是闹着玩的，没想到真下了口。钟金泽跳起来冲过去，要吼住还朝前扑的金钢。没想到，金钢张着大口朝自己扑了过来。好在钟金泽经验丰富，采取了反制措施，和刘岩一道把金钢按住。匆忙赶来的军医，给金钢打了一针麻醉药才将它稳定住。钟金泽赶紧去看小周的脚，还好，靴子结实，留了两排牙印，没有咬破。但他心里更是着慌，凭金钢以往的水平，这样的靴子能咬不破？这脚，能让小周抽得回去？

小周连说没事没事，可钟金泽怎能没事？多亏是白天，要是晚上人睡着了，扑过来还了得……直觉告诉他，这环境，金钢挺不下去了！别的军犬是蔫下去，金钢倒是刚强，只是刚强得控制不住自己了。

六

情况马上向上级报告了，同时申请上级派艘船来把金钢接走。上级很快答复：台风快来了，不可能派船。上级告诉他们，舰队机关紧急联系了中远公司，所有货轮都已驶离这片海域；广东、广西和海南的渔业部门也回应，渔船已进入防风状态。为了守礁官兵的安全，需要对金钢尽快就地处理。

处理？钟金泽如遭电击，从头麻到脚。

自己训练的金钢就这么处理了？不知怎么的，他脑中浮现出那次比武，那个连长举起的手枪，以及金钢那声震撼人心的吼叫……

他不能接受，但心里明白，上级的命令是正确的。

支委开会，研究处理的方式。

小周知道要处理金钢的消息后，发了疯似的冲到队里：“是我惹的金钢，要处理就处理我！”

钟金泽和指导员都劝他，这不关他的事，是金钢自己扛不住这高温、高湿、高盐的恶劣环境，特别是长时间的水天一色让它大脑紊乱。

小周哪是这几句话能说服得了的？他要用军线通知陆地的战友，让家里找人花大价钱雇地方船过来接金钢。钟金泽说支部还要研究，不要胡闹！让刘岩先把他拉走。

“处理”这两个字，像刀片一样扎在钟金泽的心头。他太了解金钢了，作为一名老战士，金钢是不会惧怕死亡的，它牢记的就是生命的最后一瞬，向战士们发出呼叫警报。而现在，就这样窝囊地离去，金钢自己肯定是万万不能接受的。看着被打了麻药趴在那儿一动不动的金钢，痛苦和内疚像潮水一样把钟金泽覆盖、吞噬。这次任务，是他请缨，付出的竟是金钢的生命。他从来没有如此深切地想过，和他朝夕相处的金钢，立下一次次战功的金钢，也是血肉之躯。他想：上次守礁后回陆地休整，刚上岸那几天，他好几次把日子搞混了。上次守礁，如果真的在六个月的基础上再加三个月，自己是不是也会脑子紊乱？

不错，金钢是和他一起在西沙躲过两个月的台风，但台风的间隙，他们出去过几次。在这里，他觉得让金钢下下礁盘也一样，怎么就不想想西沙岛虽然小，但有植被，而这里只有水泥礁堡，只有海天一色。军舰离港前，他给上级答复时，为什么不把这些不利的因素考虑一下？光让金钢来壮自己的胆，却没有考虑金钢……往深里想，是不是因为自己的腿风湿太厉害，自己在岛礁的时间也不会太长了，急着想和金钢一起再创新的辉煌？因为这些，害了金钢。

巨大的痛苦变成了深深的自责，几乎让钟金泽喘不过气来。但他没有时间犹豫。处理金钢，自己接受不了，战士们同样接受不了。

刘岩来报告，小周几次要来找金钢，看它醒没醒，说就算让它咬一口，他爸不管想啥办法都会来救自己这个独子的。钟金泽的心又揪住了，真有人被咬了怎么办？

必须尽快处理。天气不等人，战士的情绪也不等人。

支委会会议开了一个多小时，争来争去没有结论。钟金泽明白，大家在等他表态。他说了想法。处理金钢，一种选择是天天注射麻醉药，熬几天算几天，这样的结果，金钢不是变傻，就是孤寂地死去。第二种选择是直接注射药物，让它无痛苦地死去。大多数人选择了第二种，但是刘岩反对，钟金泽自己也反对。于是他咬了咬牙，艰难地提出了第三种选择：让金钢像个战士一样死得轰轰烈烈，具体的做法就是，像那次比武一样，让金钢扑过来，然后一枪毙命。他能为金钢做的，是把这枪打准，让它毫无痛苦。这事不能在礁盘上完成。礁上有两个救生筏，他和刘岩各划一个，刘岩带着金钢，到远处海面，让金钢从刘岩那边跳过来，半空中，钟金泽开枪。

听了这个方案，大家都沉默了。现场死一样的寂静。

终于，刘岩打破了沉默，提出趁着台风还没到，给自己一个筏子，他带着金钢划到西沙去。在西沙，他们都受过训练，从一个小岛漂流到另一个小岛。

钟金泽想，从南沙到西沙，和在西沙各小岛之间漂流能是一回事吗？前者的距离至少是后者的四五倍，怎么漂过去？而且现在台风就要来了……这时，他脑中电光一闪：台风！

“能不能让金钢顺着洋流独自漂流到西沙？”他这么一说，几个老南沙马上明白了，特别是海洋大学毕业的水文员，马上运算起来。不一会儿，方案出来了。

后天凌晨四点，洋流向北，这时金钢乘上救生筏起航，随洋流向北漂流。金钢在南沙海面向北漂流两天两夜，预计能走两沙海域航程的三分之二，第三天台风追过去，金钢乘坐的筏子已接近西沙海域。台风在南沙、西沙海域的交界处向东拐，尾巴要扫到救生筏，风浪就猛烈了，但风浪期也就是五六个小时，只要金钢能挺过去，再漂流十几个小时就到了西沙海域。

钟金泽马上让人查西沙海域预报，得知这两天西沙有大风浪，两天后天气能正常一周左右。而南沙这边，第二轮台风要五天后才到，这样，金钢可以在海面漂浮五天。听了这个分析，大家很振奋。水文员还说，他连夜做一个土定位仪。他当场画了个漂流航线图，除了第三天台风追上筏子，筏子东移二三十海里，总体是一路向北。

上级立即同意了这个方案：让金钢独自漂流。上级还说，把救生筏的标志弄明显一点儿，三天后，西沙那边舰艇、渔船都会加强搜救，如果气象条件允许，直升机也可以帮助寻找定位。听到这个消息，在场的官兵都流下了眼泪。现在的关键是，金钢醒来后能否恢复正常？

刘岩坚决要求和金钢一起漂流，钟金泽说："要是能去，我还不自己去？不要给金钢添乱了。"刘岩也明白，等到台风追过去的那几小时，筏子各种情况都会遇到，金钢要尽全力面对。甚至筏子被巨浪掀翻，它也要死死咬住不离开，等风浪过去，它会在海上把筏子翻过来。如果这时有人在，反而更麻烦。

七

熄灯前，有人提出是不是把金钢捆住，怕它麻醉过后醒来还是无法恢复正常。钟金泽没有同意。他不能忍受那样对待金钢。他决定，晚上由他来陪着金钢，等它醒来。医生说，药性明早四五点才会减退，半夜里过来也不晚。钟金泽说，他还是一直守着吧，人和动物用药剂量不一样，万一它早醒呢？其实，他坚信，醒来的金钢肯定是正常的。他需要的是静静地和金钢在一起待一个晚上。

天上海面两轮明月，好大好大。钟金泽坐在金钢身边，半倚着碉堡，手搭在金钢的身上，他能清晰地感受到金钢的呼吸、金钢的心跳。这次漂流，他和战士们说得很简单，其实很凶险。万一金钢不能挺过台风中的巨浪，它就会像一名战士一样在搏击中牺牲。

半夜里，指导员要来替换他，他谢绝了。万一金钢有事，只有他能对付。指导员虽然也是特种兵出身，身手了得，但没有驯犬经验。等到后半夜，刘岩来了，坚持要陪陪金钢。

今天的夜空特别亮，他简直怀疑是在白天，明月就是太阳。因为在白天他戴着太阳镜，看到的天空就是这样。看样子，明天不会太凉……

忽然，他看到金钢纵身一跃，跳进了大海。他赶紧追过去，见金钢已骑到了一条鲨鱼的背上，劈波远去。他慌了，大喊："不行，得向北方！金钢，金钢……”猛地惊醒，原来自己不知什么时候迷迷糊糊睡着了。刘岩和哨兵都站在他的身边，而金钢正用舌头舔着他的耳根。他忽地一下起来，把金钢抱住，从金钢含泪的带有歉意的眼睛中，他知道金钢清醒了。

钟金泽深情地抚摸了一下金钢的脑袋，金钢却一个激灵，接下来的眼神让他心颤。那是一种惊恐。昨天他制服金钢的时候，金钢也是这种眼神。这时，金钢露出了一种奇怪的、他从未看到过的表情，是委屈，是难过，还是讨好？难道第六感觉告诉它，自己差点儿被击毙，而要开枪的，就是他钟金泽？此刻，钟金泽已没有勇气看金钢的眼睛。

战士们都到了平台，他看了一下表。哦，该升旗了。升旗时间是太阳升起的时间。南沙在祖国的最南端，而这个礁盘，经度和北京相当。所以战士们常说，他们天天参加天安门广场的升旗。今天，除了在机房值班的，所有人都参加了升旗仪式。钟金泽破例让金钢站在他的前面，离国旗最近的地方。

钟金泽仰望和太阳一道升起的国旗，认出是昨天下午凝望了好久的那面，心里一动。在队部，有几十面崭新的国旗，还有六面换下来的国旗。这些国旗飘扬的时间，多的二十多天，少的也有几天。一直被紫外线照射的，红色变淡；雨打日晒的，颜色就不均匀了；也有经历狂风巨浪的，旗面会有破损。每一面国旗，在钟金泽眼里就是一个故事，都有一种沧桑的壮美。每一个守礁士兵回陆地时，都会得到一面换下来的国旗。上次守礁六个月，钟金泽从中挑选了一起经历台风的那面国旗。

早饭后，他把金钢领到救生筏前，开始布置任务。

金钢很快明白是怎么回事了，它沉默了一会儿，轻轻地用脸靠近钟金泽的腿，无声地接受了指令。钟金泽突然意识到，也许这是金钢最后一次接受他的命令。回想起这么多年一次次给金钢下达命令，它总是这么无条件地接受。

接下来，钟金泽和刘岩立即带着金钢到筏子上，开始复习漂流中的各种训练课目，包括筏子被巨浪打翻后怎么从筏子底部逃生等。金钢都熟练地完成了。

傍晚，为了让金钢好好休息、积蓄体能，钟金泽给它吃了两片安眠药。

八

“三点五十五了！”刘岩提醒钟金泽。钟金泽回过神来，看了下表，告诉自己：金钢漂流出发的时间到了。橡皮筏子上，老兵按天数用绳子系好了一包包食品和软包装的饮料、淡水。绳子很牢，即使浪把筏子打翻，食品也不会丢失。用前爪配合牙齿解开绳结，是金钢练了很多年的老把式了。刘岩终于叫醒了金钢，他真不忍心。昨天的安眠药，让它睡了个好觉。

一片乌云突然从西边过来，渐渐地遮住了半边星空，也遮住了半个海面。下雨了，和钟金泽的膝盖预测的一样，是毛毛细雨，这小雨要持续两天，像是暴风雨的前兆。但对于金钢来说，在这炎热的南海海面，小雨就是甘霖。钟金泽觉得这是个好兆头，对刘岩说：“送行吧。”

刘岩叫了声“金钢”，金钢晃了晃脑袋，知道自己该走了。为了给金钢饯行，刘岩拿出一个食品包，金钢熟练地打开，几分钟就把它消灭了，而后精神抖擞地站起身、扬起头，面朝大海。

橡皮筏子已在水中，金钢跳了上去。刘岩解开缆绳。

“等一下！”身后传来一声叫喊，一听就是小周。

不知什么时候，所有的战士都站在了钟金泽身后。

“金钢！”小周顺着台阶，冲到小码头上。金钢也回过身去，跳上了码头，和小周紧紧拥抱起来。

“金钢，记住，你要给我好好地漂流，退伍了咱们在一起做邻居。”小周哽咽着说。

时间不等人。钟金泽假装没事人一样走下去，大声说：“有什么大不了的，不就是漂流一回，这还能难倒咱金钢？过了台风期，还能见面。”他的声音很轻松，像是在安慰小周，其实他是在安慰自己。

像预测的那样，洋流准时来了。黑色的筏子一下漂了出去，五米、十米、二十米，几分钟后已到了百米之外。“是向北！是向北！”大家都欢呼起来。

一片更大的乌云过来，遮住了整个天空，海面也失去了光亮。救生筏看不见了，十二名官兵依然站着，一动不动地目送金钢。凉凉的细雨拂过他们的脸庞。

不知过了多久，钟金泽轻声说：“回去休息吧。”官兵没有动，他又大声说了一句：“解散！”

官兵还是没有动，一名战士捧出一面国旗说：“礁长，升旗的时间到了。”还是这面国旗。钟金泽马上说：“换一面新国旗。”他把战士手里的国旗接过、收好。这一面国旗，钟金泽是为金钢保存的，他坚信金钢能经得起风浪，更能完成漂流。风湿的腿告诉钟金泽，自己的岛礁生涯不会太久了。他会请求上级让他去管理那些退役的老军犬。军犬的寿命也就是十五六年，在离开部队以前，他要把那些同时期守卫海疆的军犬一个个送走。

金钢再过两年也该退役了，那时他们又能在一起了。这面国旗，会帮助他和金钢一道回忆在南沙守卫海疆的日子。

忽然，钟金泽的心头一紧：在礁盘的边际泛起了一道道白线，凭经验，白线的距离告诉他浪高在八十厘米左右。浪突然来了，金钢的漂流将会加快，而风浪还会不会加大呢？

钟金泽久久伫立在平台上，透过蒙蒙的细雨，牢牢盯着礁盘那边一道追着一道的白浪……

国旗手

石钟山

前国旗手崔成又在那个时刻站在了自家门口的大树下，此时，东方那轮朝日正在缓缓升起。每逢这时，前国旗手崔成腰板挺得笔直，两眼发亮，他的耳畔似乎又回响起雄浑的国歌声，他仿佛又看到猎猎飘扬在晨风中的国旗。天安门广场万人攒动，闪光灯在眼前明明灭灭，那是一番怎样的景象呀。终于，随着朝阳的升起，崔成的眼角滚过两滴又大又圆的泪。所有的幻觉终于在眼前消失，他心里一下子变得空荡起来，像家乡这片初春的原野。

新婚妻子秀站在窗后充满理解地望着崔成。她和崔成恋爱时，崔成是名国旗手，她爱得死心踏地。崔成复员回乡了，不再是国旗手了，她仍爱得坚贞不渝。崔成每天清晨总是要这么神思恍惚一回，秀为此刻的崔成感到骄傲。村里那么多男人，谁也没有崔成起得早，谁也没有崔成站得这么挺拔、伟岸。在秀的心里，崔成是一个真正的男人。秀有千万条理由这么骄傲，因为自己的男人在国旗下站过岗，是一名真正的国旗手。

太阳从东方跳出以后，天就大亮了。崔成和秀扛着锄头向自家田地走去，在那片责任田里，他们要劳作一天，播种下春天的希望。

前国旗手回到故乡已半年有余了，不知为什么，心里仍是别不过劲来，他总是觉得此时此刻不是在自家田地里，而是在天安门广场猎猎飘扬的国旗下，他两眼目视前方，把自己站成一道风景，那情那景，那一切怎么能忘记呢？四年国旗手生活，已经改变了他的一生，融入到了他的血液中，那是怎样的四年呀！

崔成是从众多新兵中选出来的，一下子，他就住进了国旗中队。国旗中队驻在世人皆知的天安门城楼下，仅凭这一点就让崔成兴奋得几夜睡不着。崔成在成为一名国旗手之前，流了多少汗，流了多少泪，他自己也说不清。

要想成为一名真正的国旗手，首先要学会走路。学会像一名真正的国旗手那样走路并不是一件轻松的事情，抬腿落地都有极严格的讲究，崔成的鞋一连磨破了几双，脚上打了一层又一层的血泡，血泡又变成了老茧，才学会国旗手走路。

接下来，崔成还要学会站立，站立成真正的国旗手的样子。那正是盛夏时节，太阳如火，崔成和所有的新兵一起，背靠着红墙，笔挺而立。汗水先是湿透帽子，然后是领口，接下来全身都湿透了。汗水流进了眼里，热辣辣的，难忍难挨，泪水也随着流了下来，他们仍然笔直地立着。

后来，他们的头顶上又加了两块砖。刚开始并没觉得有什么，时间长了，那两块砖在头上竟似有千斤重。他们的身体变成摇晃的树，先是两块砖从头上掉下来，接着身子一歪，整个人也倒下来，天旋地转。他的耳畔响起了班长严厉的声音："站起来，站起来！"他又摇摇晃晃地站了起来，两块重如泰山的砖又压在了他的头顶，此时他真想放声哭出来，或充满委屈地叫一声"娘"或"爹"。然而这一切都没能够实现，他就把满腹委屈埋在心里，咬紧牙关站立着，泪水却不可遏止地涌了出来。

崔成这批新兵，终于能站成国旗手的样子了，他们头上的两块砖，在一连几个小时内纹丝不动。班长望着他们笑了，说："行了，你们合格了。"那天晚上，崔成他们站在国旗下唱了一首歌，歌名叫《国旗理解我》。

回乡已半年有余的崔成耳畔仍时时回响起那首歌的旋律。每次这首歌的旋律回荡在崔成心头的时候，他都充满了感动和力量：什么也不说，国旗理解我，站在国旗下，祖国装心头……就在他们即将复员的那一天，他们这些老兵和新兵站在国旗下又唱起了这首歌，所有即将离队的老兵都哭了。他们一边泪流满面，一边一遍遍唱着这首歌。

崔成终于成了一名国旗手，他终于可以护卫着国旗走出天安门城楼，走过金水桥。当他站在广场上，护卫着头顶那面猎猎飘扬的国旗时，他觉得自己已经换了一个人。长安街上，车辆，行人，永远地川流不息，广场上前来一睹天安门风采的中外游客用新奇的目光打量着这里的一切。崔成知道，自己和国旗已经成了这里的一道风景，许多相机对准了自己和国旗，连同身后的天安门城楼。那一刻，崔成有许多理由感到骄傲和自豪，这种感觉从脚底一点点升起，最后充满全身。于是，崔成挺胸，抬头，目视前方，站出了国旗手的尊严和形象。

四年中，崔成在国旗下站了多少回自己也无法说清了。但那两次他是无法忘记的。

当兵第二年的时候，他站了一班上午八点到十点的岗。上岗之前，肚子就有些隐隐地痛，但他没有把这痛当回事，准时接了岗。当站在哨位上时，疼痛却愈来愈烈了。此时，正好有一个外国军事代表团在中央领导的陪同下在天安门城楼上参观。

疼痛使他的脸色苍白起来，豆大的汗珠从他的帽檐儿下涌了出来，他咬紧牙关，一声不吭。时间一分分流逝着，外国军事代表团参观完了天安门城楼，又向广场走来。崔成因疼痛身体哆嗦起来，就在这时，一个外军上将冲自己举起了相机，也就是在那一瞬，他使出了浑身的力气把自己站成一个标准的国旗手，目不斜视。在外宾面前，他露出了中国军人的微笑，闪光灯闪过，外军上将冲他举起了大拇指，他礼貌地用目光向外军上将问候。接下来，所有外宾成员，都以他和国旗为背景留影。他忘记了时间，此时，他觉得全中国人民的目光都集中在他的身上，有父亲的目光，有母亲的目光，还有所有家乡父老乡亲的目光，以及眼前这些外宾的一双双目光。什么也不说，国旗理解我……他在心里反复吟唱着这首歌，一切都远去了，只剩下国旗在他的身旁飘扬，他的眼前一片国旗的色彩，不知外宾什么时候走的，直到下一个哨兵来接岗，他刚走下哨位便一头栽倒了。

他被送到医院后，被医生诊断为急性阑尾炎。那一次，他在医院里住了十几天。领导来看他，战友们来看他，还有一些少先队员为他送来了鲜花。他知道自己并没有做什么，一切都是因为头顶那面国旗。

后来，他就回到了国旗中队，再后来他就复员了，回乡后便和秀结了婚。当了四年兵，他只从部队带回一面缩小比例的国旗，那面小国旗是他们这些复员老兵的纪念。秀和他结婚那天，新房内的摆设没有一件值钱的东西，唯有那面小国旗格外醒目。那面小国旗就贴在他们新婚的床头。每天清晨，崔成一睁开眼睛便看见了那面国旗，于是他就痴了，目光呆呆定定的。秀似乎很理解他，在这种时候从不打扰他，她知道国旗在他心中的分量。

崔成当满三年兵之后，哨位上发生了一件事。他那天在哨位上，看见一位中年妇女背着一个小女孩一步一步向自己走来，在哨位前方护栏处，她放下了背上的小女孩，小女孩的样子很虚弱，脸色苍白。小女孩扶着护栏站在那里，望着他头上那面国旗，久久，久久，小女孩苍白的脸被国旗映红了，小女孩激动地说："妈妈，我终于看到国旗，看到天安门了。"

站在小女孩身后的母亲在用衣襟拭泪。

小女孩身子倚着护栏，让母亲为自己照相。

不久后的一天，他刚上岗不久，就看见了小女孩的母亲，她似乎在这里等了许久。那位母亲看到他，长长地吁了口气，然后说："终于见到你了，十几天前我女儿在这里照过相。"

那位母亲又说："我女儿昨天死了，她得的是白血病。"说到这，那位母亲轻轻啜泣起来。

他的心疼了一下。

那位母亲又说："我知道这病是治不好的，她最大的梦想就是想亲眼看一次升国旗，本来想等她的病好转一些带她来看看，没想到昨晚就去了……”那位母亲说不下去了。

他的喉头也紧紧的。

后来，那位母亲从怀里掏出一张照片道：“我女儿托我捎给你的。她说这照片上也有你，让我一定要送给你一张。她说也让你记住她，她叫英英。”

那位母亲向前走了两步，手从护栏下伸过来，把照片小心地放在了地下，想了想不放心，又捡起一颗小石子压在照片上，然后低着头走了。

直到现在他还珍藏着那位小女孩的照片，小女孩一双眼睛满怀希望地望着前方。从那以后，在每次升国旗时，他都不由自主地用目光在围观的人群里寻找小女孩那双眼睛，他觉得小女孩的眼睛一直在望着自己，望着国旗。一想到小女孩，他的心里就热热的。

一晃离开国旗中队已经半年有余了，每天清晨，不管阴晴雨雪，他都能准时醒来，都是当天的升旗时间。他睁开眼睛的第一件事，便是看床头贴着的那面小国旗，此时他觉得那面小国旗在一点点变大，在他的头顶正迎风招展。

在许多个夜晚，他拿出叫英英的小女孩的照片向秀讲述那个凄婉的故事。每一次，秀的眼睛里都盈满了泪水。

复员半年以后，前国旗手已经适应了回乡后的生活。每天太阳初升时，他和秀下田做活；太阳落山时，收工回家：就像每天升旗、降旗。

那一天，他和秀坐在地头休息，秀突然说 :“等到秋天，卖了粮，俺陪你去天安门广场看升旗。”

他望着秀好半晌没回过神来，后来秀又把刚才的话重复了一遍，这遍他听清了。他一把抓住了秀的小手，他望见了自家的田地，播下去的种子，正在破土而出，先是长出了芽茎，最后就是一片庄稼，离秋收就不会遥远了。

他似乎又站在了国旗下，听着猎猎的国旗声在耳边响成一片。

守 墓 人

石钟山

老人与狗

又是十年后，人老了，狗似乎仍是壮年，十岁的狗，体力还充沛，动作敏捷，目光有神。人已经七十有八了，腿脚明显不给力了，走几步就喘；似乎胸口压着磨盘，掀也掀不掉；总是一阵阵乏力，浑身的毛孔一层层地往外冒虚汗；眼睛也一阵阵发花，冒着金星和银星。真的老了，意识却很执拗，还想做出年轻时的举动，守护房前屋后这山这草，还有树有花。清晨，早醒的鸟在他周边喧闹，鸟的鸣叫是他的闹钟，一年四季他每天都是在鸟的叫声中醒来。他走出低矮的房门，就看到了半山坡上那几座墓，不论看与不看，那几座墓就在自己的眼前。他望了，心里就坦然了，她们还在，似乎她们是为了陪着他而长眠于此地。他望到她们，心里就多了内容，沉甸甸的，很厚重，也幸福得很，似乎自己是个富翁，拥有了整个世界。五十年了，他就在这个叫二龙山的地方守着她们，她们也不曾远离他，默默地相互守望着，成了一道风景。

如今他老了，下一次山也不是件容易的事了。他在鸟叫声中醒来，静躺一会儿他开始挣扎着起床，蜷在屋门外的狗听到动静，挤开门进来，蹲在地上望他。他看到狗，心里就热闹了些。他喘一口气就说：手，你去把我的鞋子拿来。他把狗叫作“手”，手是这只黄狗的名字，它母亲也叫手，它母亲不在了，他把它也叫手。

手就颠着身子走到房门口，叼着他昨晚晾在门外的鞋进门，把鞋放在他脚下。他穿好鞋，开始忙碌着做早饭。早饭是馒头、稀饭和半块腐乳，馒头是从山下的超市买回来的，稀饭是昨晚吃剩下的，加点水，在炉子上热一热。准备好这一切，他冲狗道：手，咱们开饭了。

狗又跑到门外叼了自己的食盆进门，规规矩矩地放到他的脚下，他往狗的食盆里倒一些稀饭，稀饭还是热的，冒着热气。他把热过的馒头，拿出一个递给狗，狗含住馒头。做完这一切，他才走到桌前，开始吃早饭。以前他每顿能吃两个馒头，最近这一年他的食量大不如以前了，只能吃半块馒头，一小碗稀饭。

稀饭还热，他先吃馒头，嘴里的牙只剩下一半了，他就囫囵着一口口把馒头吞下去。狗见他开吃了，把含在嘴里的馒头放到脚前，趴下身子，用两只前爪按着馒头，小心地吃着，吃一口看一眼他。他也在望这只狗。十岁的狗无论如何也是只老狗了，它和它妈几乎长得一样，通身是黄色的毛，脑门上一撮黑毛，黑毛中还夹杂着几根白毛。这是那只老狗留给他的最后一窝崽中的一个，一共三只小狗，只有它长得最像它的母亲，他只留下了它。另外两只小狗，他送给了山下开超市的小胡。那会儿的小胡新婚不久，家里盖了一溜大瓦房，那里把着路口，是做生意的绝佳地点。小胡小两口把一溜房屋腾出几间做了超市，开了超市的小胡家一下子就人多眼杂起来，需要狗看家。

老手在生下一窝儿女后半年，终于离他而去了。十年前那只老手，动作和他现在一样缓慢得很，叫它一声，它要费好大劲才转过身子，目光浑浊不清地望着主人，努力听从主人的召唤，可身子不争气，走起路来一歪一扭的，趴下和起来都要费好大力气。那只老狗陪了他十五年，是他从山下一户人家要来的，当时，刚出生不久，才二十几天，他就把它抱到了山上。他开始喂它喝牛奶，喝豆浆，又吃稀饭，他吃啥，让狗吃啥。狗渐渐就长大了，陪着他寸步不离地在山上整整待了十五年。只有每年发情那几天，狗才会跑到山下去，梦游似的待上几天，然后就回来了，再也不会离开他半步。渐渐地狗的肚子就显形了，没过多久，就会生一窝小崽。小崽生下后，他一个也不留，都被养狗的人陆续抱走了。小崽被抱走的那几天，老手显得焦灼不安，蹲在门口，在夜里冲着山下长叫，一声又一声，妻离子散的样子。那些日子，他心里也不好受，想办法安慰它，做些好吃的喂它吃。它没心思吃，总是象征性地吃上几口，一门心思地引颈长嚎。他知道，它是在思念它的崽。他心里就想，人有人性，狗有狗性。随着他对它的了解，他开始珍爱这只狗，把它当人一样地看待。他冲它说话，每次他说，它都认真地听，说到动情处，狗就过来，偎在他的怀里，伸出舌头去舔他的手和脸，然后泪眼汪汪地望着他。狗明白了他的情感，这让他释然，他抚着狗长叹了一口气。

老手很懂事，很通人性，拼了老命给他留下最后一窝崽的半年后，在一天傍晚，吃完他最后喂的一餐。他还记得，最后一餐是稀饭和半根早晨剩下的油条，老手喝了几口稀饭，把剩下的吃食都让给了小手。小手正是长身体的年纪，吃得没心没肺狼吞虎咽，把母亲留给它的吃食都吃光了。

那一晚，老手移动着身子，动作僵硬地在房前屋后转悠着。他要关门睡觉了，老手仍在门前东嗅西嗅，他没有意识到，这是老手在和他做最后的告别。他习惯地冲狗们说：睡吧，明早鸟叫了又要起了。说完他看一眼老手和小手，老手在黑暗中认真地看了他一眼，便被屋门隔开了。

第二天鸟叫时，他听到了狗的叫声。是小手在叫，还不停地抓门。他披衣起来，推开门，不见了老手，只见小手蹲在他面前哀鸣着。他就问：你妈呢？

小手用嘴扯了下他的裤脚就往山林里跑，他意识到出事了，跟着小手快步向林地里走去。在小手引领下，他看到林地深处一堆草丛，小手走到草丛旁立住脚，回头冲他哀叫两声。他又向前走近两步，看到了老手伏在草丛中，身体已经僵硬了。

老手死了，它没死在家门口，而是死在离家几百米开外的草丛中。他想起老辈人说的话：狗死之前是有预感的，死时总会找一个没人的地方，偷偷走掉，它是怕主人难过呢。此时他想起了老辈人的话，心里顿时潮湿了一片。他蹲在老手身旁，伸手去抚摸这只老狗，它身上的皮毛不再有光泽，温度也不在了。小手嗅着母亲的气味，恐惧地躲在一旁哀叫着。

后来，他就在老手死去的地方挖了一个坑把老手葬了，山坡上就多了一座狗坟，和她们的墓地遥遥相望着。从此，他心里就多了一份执念，隔三差五地会带着小手来到老手的坟旁走一走，看一看。小手每次看到母亲的坟都要哀叫几声，算是纪念了。他听着小手的叫，心里就喟叹几声。看着狗，他就想这个世界，有草有木，有悲有喜，轮轮转转的就有了这个世界，这人间的一切便在他心底里杂芜成一片了。

老手离开他十年后，他终于老了，身子僵硬，动作迟缓，就像当年那只老手。他知道，属于自己的日子不多了，可念想还在，就得活下去。他颤抖着手，在一张纸条上写着：馒头五个，挂面一斤，鸡蛋六个，青菜一斤。

他写完纸条时，手已经把一个篮子叼到他的面前，他把纸条连同一些钱放到篮子里，手把头伸到篮子里，再起身时脖子就挎起了篮子，他拍拍手的头：去吧。

手转过身就向山下跑去，颠颠的，他的目光一直追随着手远去，然后，他挪过一只小凳，坐在门边等手回来。

手下山去小胡超市了。以前，他每次去小胡超市都会带着手。他在超市里买东西，手在院子里和哥哥姐姐玩耍，手每次见到哥哥姐姐都很兴奋，也很亲切。有几次，他看见手的姐姐从院墙下的泥土里扒出块骨头给手，手就叼在嘴里，满眼都是感激，那是手的姐姐之前藏起的骨头。小胡也看到了，就冲他感慨：狗跟人一样，姐弟情深呢！

他感慨，这狗性比人性还让人暖心。买完东西，他走到院里冲手说：咱们走了。手就叼着姐姐留给它的骨头一步三回头地走了。手有时也不知从什么地方抓到老鼠或别的小动物，下山时偷偷地含在嘴里，见到哥哥姐姐时从嘴里把这些小动物吐出来分给哥哥姐姐。他和小胡一家人见到这一幕，总是感动得不行，都说手这狗通人性。

手不仅是他的伴，还救过他一命。那次他带着手在山林里巡走。自从这片山林被人承包后，他从护林员的岗位上退下来，便成了闲人，但多年养成了习惯，他仍忍不住每天到山林里走一走，看一看。这里的一草一木早就装在他心里了，几日工夫一棵小树就长高长粗了，哪棵树发芽，哪棵树泛绿都在他心里装着，看这些山林树木已经成为他生命的一部分。

那天他走在山林里，手一如往常陪在他的左右。起初他觉得脖子有些硬，他用手不停揉搓脖子，后来头开始疼。他以为受了山林里的凉风，就开始往回走，可没走几步，四肢便不听使唤了，他歪倒在山林里，头痛欲裂，最后失去了知觉。醒来时，他发现自己已经躺在镇医院的病床上了，周围是医生、护士的面孔，还有小胡的一张脸。见到他终于醒了，所有的人都长吁了一口气。那次生病，小胡告诉他，是手救了他。他昏倒后，手下山了，找到小胡，扯着小胡的裤脚往山上扯，小胡意识到他出事了，便在超市里喊了几个人随着手上山，终于在山林里发现了昏迷的他。医生诊断他是脑出血，住了几天院之后，他回家休养。镇长和书记都来看他，要把他接到山下去静养，但被他拒绝了。他舍不得离开这里，这里不仅是他的家，也是她们的家。那几座坟墓就静静地卧在他的眼皮下，他不能离开，他已经发过誓，自己在一天就要陪着她们一天。

他在养病的日子里，仍是手在照料他。从那次开始，手经常脖子上吊着篮子去小胡超市，为他买菜，买馒头。他抖着不太听使唤的手，在纸条上写下要买的食物，小胡就把这些东西装到篮子里，再由手吊在脖子上运回来。狗从那一次之后似乎更懂事了，小胡在超市里备货，手就蹲在收银台旁看着小胡。小胡把东西结完账放到篮子里，又把零钱用一个塑料袋包好，手才把篮子吊在脖子上，快速地离开。

以前，每次他带手来超市时，手都要和哥哥姐姐玩上一会儿，那会儿它是快乐的，无忧无虑的。他卧病在床，手没心思玩了，匆匆地来，又匆匆地去。在回去的路上，许多人见手还会买食物，都稀罕地站在路边看它，并指指点点议论着。它不理这些人，低下头匆匆从人群中穿过去。也有好事的人，假装吓唬它，要把篮子里的食物夺走，它躲开身子，凶狠地冲着不怀好意的人吠叫几声，快速地向前奔跑，并不时回头戒备地望着那几个不怀好意的人。路上遇到一些汽车驶过，它每次都会躲在路边，背过身子，让汽车过去。车速度很快，带起一路风尘，它待风尘过去之后，又不停歇地向山上跑去。回到家，进门见到躺在床上的他，手把篮子一直拖到他面前，然后才像完成一件大事似的摇着尾巴看着他。他看着篮子里的东西一件不差地放在那里，冲它招招手，它偎过去，让他在自己头上拍两下，这是他给它最好的奖励了。

从那以后，手就著名起来。人们都知道他养了一条通人性的狗，有时上山路过他这里，都想看一看它。有些大胆的人还伸手摸摸它，或者带来一些食物给它。它从来不吃生人给它的食物，那些食物就在眼前丢弃着，它看都不看一眼，直到他捡起那些食物再次递给它，它才肯吃。

七老八十的他老了，老得下山一趟都不容易了。镇里的民政助理小李往山上跑得勤了。以前小李都是一个季度上一次山，每次来都带着组织的温暖，给他捎来一个季度的政府补贴。小李每次来都很尊重他，坐在他屋内唯一的一把椅子上，把装有补贴的信封恭恭敬敬地放到桌子上，探下身子叫一声：老前辈。他每次都会从信封里拿出一些钱，数好放到小李手里道：这是我这个季度的党费，代我交给党组织。小李笑一笑，默默地把这些有整有零的钱装在口袋里，然后他起身，小李随在他身后，走出院门，一条小路通往山腰上那片墓地，光洁瓷实的小路在脚下延伸，曲了几曲折了几折，便来到了那片墓地。墓已经修过了，水泥基座，坟头也墁了水泥，很坚固也很整齐。

墓前有碑，上面刻着烈士的名字：马花花、张小草、苏婉婉，还有一个叫蔡蓉蓉，落款是省政府立。因为这四位烈士的存在，这座二龙山也被人们称为烈士山。每到清明节，附近的学校会组织学生来悼念烈士，学生们手捧鲜花，排着队，唱着《少先队员之歌》。孩子们的声音在墓园里响起，稚气的童声在山林里飘荡，一张张红红的小脸上写满了庄严。

每次学生们来，他都要陪着，有时老师会请求他讲讲这些烈士的牺牲经过。他几乎每年都要讲一遍，四个女兵牺牲时都很年轻，每次讲起时，她们的音容笑貌又会浮现在他的眼前，仿佛她们从没远离过他，这也是他住在这里不肯下山的理由，守护陪伴她们，成为他的责任。孩子们扫墓时，也是他最庄严幸福的时刻，他把那身老军装翻找出来，胸前佩戴上军功章，他站在孩子们面前，手不远不近地随着他，像他的一名警卫员。他讲话时，手从来不乱动，蹲在那里，张着嘴看着眼前的孩子们，它似乎也听懂了他的话，神情庄重严肃。孩子们唱完歌列队走了，他目送着孩子们远去，手也和他一直目送。孩子们的身影消失了，稚气的歌声也听不见了，他才举起左手冲烈士墓地敬个礼。右臂的空袖管在风中飘舞着，他放下左手，冲手说一句：咱们回家。一人一狗曲了几曲折了几折，沿着小路朝家的方向走去。

最近一阵子，小李往山上跑得更勤了。每次小李来都真心实意地说：老前辈，镇党委研究过几次了，领导让我来劝你下山，去养老院。那里的条件好，看病有医生，还不用自己做饭，一切都有人打理。

这种话他已经听过无数遍了，以前那个民政助理叫大秦，大秦来看他时也无数次说过。后来大秦退休了，换成了小李。小李也这么说，但他每次都不多说什么，只是摇头，在心里一遍遍地说：我是不会走的，我走了，她们会冷清的。

小李的话他不听，后来书记和镇长也轮流到山上来劝他，每次书记和镇长见到他都很谦恭和尊重，都要称他为“老前辈”，每次说的也都是相同的话题，劝他下山去享福。每次他都摇头，书记和镇长又说：老前辈，你有什么条件只管说。他又摇头，一边摇头一边说：我在这里挺好，让组织费心了。

他一次又一次地回绝，态度坚定不容置疑。来劝他的人只能无奈而归，走时，他会把他们送到半山腰的路口，然后立住脚，冲他们说：感谢领导的关心，慢走。

他目送领导们远去，他和手站在半山坡上，望着远去的领导们。

一人一狗终于清静了。他回过身时，又看到了那片墓地，他仿佛又看见了那四个女兵笑靥如花地望着他。他心里潮湿了一片。

伏击战

五十多年前，就是在这座叫二龙山的地方打响了一场伏击战。

四平保卫战失利了，国民党新一军把东北民主联军从四平赶了出来，联军开始后撤，国民党的部队不肯就此罢休，纠集了兵力赶着联军向北满跑。

联军的队伍在四平城内伤亡惨重，在延安的毛主席指示，要在四平城内和敌人打攻坚战。经一个多月的奋战，联军顶不住了，为了保存实力，毛主席又指示联军撤出战斗，向北撤退。

联军在撤退，国民党部队在追赶，在四平向东几十公里外的二龙山，一场伏击战就不可避免了。

那会儿，他刚满二十岁，家在二龙山的山腰间，三间茅草房，门前依着山坡有一个院子，院子周围扎着篱笆。民主联军撤到这里，他的家便被征用了，做了战地医院。他家门前一下子拥进来一批男医生和女护士，他就是在那会儿认识马花花、张小草这群护士的。后来，他才知道，她们这群年轻护士是联军第一次攻占四平之后才参的军，之前她们是护校的学生，到这场伏击战开始，她们满打满算参军还不到一个月，但她们已经是称职的战地医院护士了。伏击战一打响，便有一批又一批伤员被运送下来。她们忙而不乱，轻伤的由她们包扎处理，重伤的送到医生那里手术缝合。他家那三间房便成了手术室，地下、炕上、院子里躺满了伤员。

他父母帮助烧水，这些水用来清洗伤员的伤口。他加入了担架队，和同村的二狗子抬一副担架。每次抬下的伤员都要和护士们做交接，轻伤员留在院子里，重伤员被抬到屋里。马花花奔跑在这些伤员中间，大声地指挥着，因为忙碌，一张小脸通红，长长的眼睫毛不停地扑闪着，她那白色的护士服已经被血染红了，但她训练有素地指挥着这一切。

村里许多青壮年都加入到这场伏击战之中，有的往阵地上运子弹，有的参加担架队，他们奔波在后方和战场之间。远远近近的阵地已经焦灼了，枪炮声已听不出个数了，像一锅沸腾的粥。他第一次经历这种场面，最初他是慌乱的，甚至是惧怕的。往返阵地和医院几次之后，他看到了马花花、张小草这些女兵，他慌乱的心开始镇定了。她们的年龄和自己相仿，甚至比自己还要小，她们在枪炮声中是那么镇定自若，他看着她们冷静的样子，自己也随之沉稳下来。

那次伏击战打了三天三夜，这是一支掩护大部队转移的队伍，他们的任务就是死死钉在二龙山上，阻止敌人追击。据说那次伏击战联军投入了一个团的兵力。他不知一个团有多少士兵，总之，三天后，阻击部队撤走时才剩下稀稀拉拉几百人。

马花花、张小草这些年轻的护士却没有撤走，她们永远留在了二龙山，确切地说，是留在他家院子里。

伏击战打到第三天上午，他和二狗子抬着一位伤员从山上撤下来，正往医院赶，离他家院子几十米时，他看到一发炮弹在他家院中央炸开来，有两个停放在院内等待救护的伤员被炸上了天。马花花、张小草她们奔出来，去拖那些躺在院子里的伤员。就在这当口，又有几发炮弹落了下来，接二连三在院子里炸响了。他亲眼看见，她们被炮弹炸飞，有的直接倒在了地上。关于她们的记忆在那一瞬间定格了。

一群年轻的女护士永远留在了二龙山。

追赶联军的国民党队伍越聚越多，伏击的联军顶不住了。在第三天的黄昏时分，他们开始向北撤退。追赶的国民党队伍也一直向北追去，二龙山留下许多联军战士的尸体。

联军撤走那天夜里，全村男女老少集体出动，就近掩埋了这些阵亡的士兵。几个女兵是他掩埋的，就埋在他家院外几百米开外的地方，他整理她们的尸体时，仍然记得她们的名字，马花花、张小草、苏婉婉、蔡蓉蓉，一群鲜活漂亮的女孩子，在几发炮弹落下之后，她们长眠在此了。

就是这场伏击战，让二十岁的他经历了生死。她们牺牲第七天时，父母递给他一叠烧纸，说：今天是那几个孩子的头七，你给她们烧些纸吧。

他拿着父母递给他的烧纸，蹲在她们的坟前点燃，升腾起的火焰红红的，在火光中，他眼前浮现出了她们的音容笑貌，七天前她们还活蹦乱跳的，七天后她们变成了一座座土丘。

这几个女兵中，马花花留给他的印象最为深刻。他的手臂上仍然留着她的体温。抢救伤员时，他的手臂被一颗流弹擦破了一层皮，当时因为紧张，自己都没有察觉。他把伤员从担架上抬下来的时候，马花花发现了他的伤，血水已经浸透了衣袖，她惊呼一声：你受伤了。他这才发现自己的伤情，撸开袖子看到了子弹留下的伤痕，他一时手足无措。马花花攥着他的手臂说了声：别动，我帮你处理。她说完从急救包里拿出纱布缠在他的伤口上。系纱布时，身边没有剪刀，她俯下头用嘴去咬扯纱布，那一瞬间，她的脸贴在他的胳膊上，一股异样的感觉像过电似的从他身上流过。从小到大，还没有一个女孩子这样对待过他。他闭上了眼睛，他从她的头发上嗅到了一个陌生女孩子的气息，许久之后，这种陌生的气息在他的记忆里经久不散。

不久之后，撤到北面去的民主联军经过休整，又浩浩荡荡地回来了，再一次把四平团团围了。攻打四平的第三次战役打响了。

就是在那次战役中，他参军了，成为一名战士。不久，东北解放了，部队出关南下。

部队开拔前，他回了一次家。家还是那个家，三间重新翻盖的草房，整洁如新的院子。他向父母告别，也向那几个女护士告别。

他又一次来到她们的坟前，挨个儿看了看，她们的样子又一次在他眼前鲜活起来。他向她们举起了右手，以一个战士的名义向她们告别。

队伍一出关，家就越来越远了，但他一直不能忘记那几个女护士。她们就留在他的家门前，每当想起家，他就会想起她们，仿佛她们已经成为他家庭中的成员，不论走到哪里，似乎都有一双双眼睛不离不弃地跟着他。

队伍越走越向南，他们已经来到了海南岛，他是在解放海南岛战役中负的伤，敌人的一发机枪子弹击中了他的右臂，就此，他失去了右臂。

解放海南岛战役之前，他已经是连长了，他养好伤后，组织劝他留在海南，海南刚刚解放需要工作人员。他在海南养伤期间，异常地想家，想家中的父母，还有留在他家门前的那几个女护士。他自己都说不清，这种思念和挂记从何而来，总之，他就是从心底里思念，仿佛她们没有牺牲，而是仍然活着，就在他家院子里奔跑着、忙碌着。

在他的坚持下，他回到了二龙山。因为他的身份，组织最初要安排他在四平工作，这座他曾经参与解放过的城市，此时已经太平了，新中国已经成立，一切都是那么美好和安宁。他又一次婉拒了组织的好意，他要回家，只有回到家里，他才踏实。

他终于回到了二龙山这个家，父亲已经不在了，几年没见的母亲似乎也老了许多。父亲是在他离家三年后病逝的，就葬在二龙山的山脚下。他看完父亲，鬼使神差地又来到了她们中间，告别时，他用右手向她们敬礼，这次回来他只能用左手向她们敬礼。几年过去，记忆却如初。她们的样子仍像当年一样，他的心跳了跳，一种莫名的亲切感迎面而来，他抬眼望着二龙山，他在心里一遍遍地说：我回来了，哪儿也不去了。

人 与 墓

海南岛战役结束之后，他回到了二龙山。那会儿，他还是个小伙子，虽然少了一只胳膊，他的身份却是复转伤残军人。

先是乡里领导找他，希望他到乡里去工作。伤残前他是部队的连长，按照部队干部转业政策，是要安排工作的。在乡里工作，要离开二龙山，他摇头拒绝了。后来县里的人也找他，让他去县政府工作，也被他拒绝了。他拒绝的理由如出一辙：自己伤残了，不适合出去工作了。县里、乡里见他铁了心，便安排他在二龙山做了名护林员。护林员算是林场的职工，每月领工资，也算是对伤残军人的安排照顾了。

他终于踏实下来，每天在山林里转悠，这儿看看那儿摸摸。他会长时间在当年的伏击地驻足，每次站在昔日的战场上，他就会想起那几个女护士。她们在院子里忙碌地布置着战地医院，有说有笑，她们讲话声音很好听，像林地的鸟叫。她们的身影是那么生动，仿佛她们是一群来到他家的天使，院子里，甚至整个二龙山都亮了。他望着她们的身影，他就是那会儿下决心参加担架队的。他和二狗子抬一副担架，一趟趟地从阵地上抢救伤员，每次把伤员抬到院子里，都能看到她们的身影。只要一看到她们，他浑身都是力气。二狗子累得瘫坐在地上，他怕耽误抢救伤员，揪起二狗子的衣领往阵地上拖，二狗子的脖子被勒住了，一边咳一边说：你不累呀，这都跑了十八趟了。他和二狗子快速地向战地医院跑。多跑几次就能多见几次他心中的天使。

眼下一切都物是人非了，甚至看不到当年伏击战时的痕迹，炮弹在山上炸出的坑，已被雨水冲平，上面又长满了蒿草，此刻在他眼前旺盛着。唯有那些留在山上的墓静静地立着。

他每天都要走出自家院门，来到她们的坟前，立一会儿，看到她们坟头的蒿草便蹲下身拔下来，没有蒿草的墓地干净整洁了。他从院门到墓地一趟趟走，便踩出了一条小路，曲了几曲折了几折，像他的心情。

他每天起床站在院子里都会看到她们，他遥望片刻，然后就去山林里转悠。护林防火是他的工作。听着山林里的鸟鸣，仿佛是她们在唱歌，一想起有她们的陪伴，他的心情就愉快起来，他挺起胸，加快步伐，在山林里转了一圈，最后就回到她们身旁。他会冲她们说：这天真热。他又抬头望望天：估计明天要下雨了。仿佛这几名女兵不是长眠在地下，而是就立在他的眼前。他站过了，说过了，母亲在院子里已经喊他回家吃饭了，他又冲她们低低说一句：我该回家了。然后，曲了几曲折了几折，顺着自己踩出的小路一步三回头地向家走去。

他已经二十大几了，母亲操心着他的婚事。二狗子已经是两个孩子的爹了，二狗子领着自己的儿子上山来看过他。二狗子的目光一直瞄着他右臂空荡荡的袖管。在四平第三次战役中，他动员过二狗子和他一起参军，他知道二狗子父母不同意，但他还是劝二狗子，二狗子本人也不同意。二狗子拉着他说：我不去，你听我的话也别去，打仗会死人的，咱们二龙山埋了多少人呢！他听了二狗子的话，甩开二狗子拉着自己的手臂。他又想到了那几个女兵，那几个女孩子，花样的年纪，她们都不怕死，一个男人说自己怕死，他从心底里瞧不起二狗子，自己报名参加了部队。从那以后，他不论走到哪里，都觉得她们正在望着他，他的一举一动似乎她们也能看得到，他就在她们目光的交织中一路向南。

几年不见，二狗子已经娶妻生子，因为当年二狗子参加过担架队，所以现在二狗子已经是村里的民兵连长了，二狗子平日里说话办事就很像民兵连长的样子。那次二狗子牵着儿子，眼睛望着他的空袖管道：回来就好，抓紧成个家吧。

村里和他同龄的伙伴都已经成家过日子了，唯有他还孤单着。在这件事情上，母亲比他还急，他整天在山林里转悠，连山都不肯下一次，哪会有机会谈情说爱？那会儿母亲还算腿脚灵便，为了他一次次下山，从前村走到后屯，她去拜访那些媒婆。

媒婆们都很热心，纷纷领着姑娘们上山。虽然他少了只手臂，但他的身份还是让姑娘们心仪，他当过兵，立过功，虽然不是领导，但是有公职的人，姑娘们愿意嫁给他。可他却一个也没看上。媒婆领着姑娘来了一拨，又走了一拨，渐渐地他家的门庭就稀落下来。媒婆们都说他心气高，看不上乡下姑娘。

他听了媒婆的议论，在心里只能苦笑一番，他不是看不上这些姑娘，是他忘不了那几个天使一样的护士，她们此刻就长眠在他的眼皮底下。每次见到被领到家里的姑娘，他都会暗中和那几个护士去做对比，比来较去的，他都不称心。他只能摇头。

一晃他就三十出头了，错过了成家的最好年华。母亲为他叹气，一声又一声，无论是白天还是晚上，母亲的叹气声一直缠绕着他。

母亲在叹息声中老去，又牵肠挂肚地离他而去。他把母亲和父亲合葬在一起。这个家就剩下他一个人了，一晃人就到了中年。

乡改成了公社，后来又改成了镇。后来政府出资把二龙山上的烈士墓地修过了，每个坟前都立了石碑，上面刻着烈士的名字，山也改名为烈士山。最初政府有组织地到山上祭奠这些烈士，他成了义务讲解员，每次讲解他都从那场伏击战说起，当讲到那几个天使般的护士时，他的喉头就哽咽了，眼睛也是湿润的。他已经到了中年，可她们仍然是年轻的，二十岁左右的年纪，如花的年龄，如梦一样的青春，在他的心里，她们成了他的孩子。每次讲到这几个护士牺牲的经过，他都会难过，听的人也戚戚。

人到中年的他仍然一个人在山上过着，有几次镇政府的领导上山找他谈，希望他下山工作，他参加过战争，立过功，负过伤，按政策理应被政府照顾，可每次都被他婉拒了。他现在的理由是：已经习惯山上的生活了。镇领导尊重他的选择，每次走时，镇领导都会说：有什么困难跟组织说。可他一次也没说过自己的困难，他待在山上守护着她们，他心里踏实。

又是一晃，他到了退休的年纪。政府又派来了一名守林员，守林员住在山下，每天按部就班地到山上转一转，然后就下山了。他虽然不再是守林员了，但多年养成了习惯，他每天仍在山林里转悠，转悠一圈之后，他就会来到她们的墓旁，坐在她们的中间，目光依次地从她们的墓碑上扫过，马花花、张小草、苏婉婉、蔡蓉蓉，这么多年过去了，她们的样貌依旧清晰地浮现在他的眼前。马花花活泼调皮，睫毛很长，总是忽闪着眼睛看人。张小草生性腼腆，说话细声细气。马花花为他包扎过伤口，用牙齿咬扯纱布那一幕仿佛就发生在昨天，她的气息，以及她的脸颊触碰在他手臂上毛茸茸的那种感觉，一直陪伴了他几十年，这种感觉新奇而又美好。他一遍遍地回忆着她们的音容笑貌，他觉得她们就在他的身边。他就说：天凉了，该多穿点衣服。小苏哇，你身子骨弱，吃东西别贪凉。

此时，正是冬天，山上山下被雪盖了，白皑皑的一片。她们的墓地被他清扫过了，露出墓和碑，静静地立在他的眼前。

坐过了，说过了，他慢慢地起身，沿着那条小路，曲了几曲折了几折，向家走去。

情 未 了

自从他有了狗的陪护，便给狗起名叫手。狗不仅成为了他的另一只手，也是他生活的伴。

一位老人，一条狗，仍然住在山上，日子似乎仍然如前，但和以前却不同了。他已经没有力气去山林里转悠了，更多的时候是立在家门前的空地上，抻长浑浊的目光去望那片山林。山林依旧，在风的吹拂下，树木抖着树叶，很繁盛的样子。痴痴呆呆地望上一会儿，他收了目光去望家门前不远处的那几块墓地，墓地依然静卧在那里，他慢慢地移动着脚步，向墓地挪去，他要出现在她们身边，几十年了，每天如此，去看她们，在她们中间坐一坐，成了他生活的一部分。

手起初走在他身后，他走几步就要歇一歇，扶着小路旁的树木，手就走到他的前面，和他拉开一段距离后便停下了，回过身，蹲在原地等他。手望着他，一副爱莫能助的样子，他缓慢地向前挪几步，狗就转身向前走几步，然后又转身等他。

他望着曲了几曲折了几折的小路，扶着树，弯下腰去拍打不听使唤的腿。他就想起当年参加担架队时的情景，那会儿他才二十岁，浑身有使不完的劲。后来他加入了队伍，这支队伍从关外走到关内，他走到了天涯海角，走了那么长的路，他没有累过，歇歇脚，睡上一觉，他浑身又是力气了。而此时，他的力气似乎被一丝丝地抽走了，走几步，腿脚就软得不行，还要大口地喘气。年轻时发生的事，仿佛就发生在不久前的某一天。他活到现在，突然发现，生命是那么的短，短得都没给他留下足够的回忆。

他终于挪到了她们中间，他坐在地上，吁吁地喘着，他望着她们坟前的墓碑，马花花、张小草、苏婉婉、蔡蓉蓉，他似乎就看见了她们，她们仍然是那么年轻，活蹦乱跳地站在他的眼前。他陪了她们几十年，她们也和他相伴了几十年，他们彼此已经很熟悉了，他们像朋友更像亲人。他移过去，扶着她们的墓碑，依次地停一停、站一站。阳光正好，暖暖地晒在他的身上。他在她们墓前坐下，她们笑着，忙碌着，他眯着眼睛望她们。

手起初蹲在地上望他，等久了，就卧下了，两只前爪交替在身前，头伏下来，沉沉地似乎要睡过去。

他又看见了当年的战地医院，他自家篱笆墙上晒满了洗过的绷带和纱布，树杈上也挂满了，像一面面立起的幡旗，她们奔跑着，接过一个又一个运下来的伤员，她们一面低声安慰着伤员，一面快速处理着他们的伤口。不知何时，他也成了伤员，躺在担架上，马花花伏在他面前，一双水汪汪的眼睛正望着他，她长长的睫毛就在他眼前忽闪着。她问他：疼吗？他不说话，定定地望着她，他正一点点地被她的目光吸走，身子悬空，他的身体碰到了她，她的睫毛是柔软的，他闭上了眼睛，感受着柔软的抚慰。一阵风吹过来，他打了个激灵，他醒了，风吹得树林一片沙沙作响。他看到了手，手直起身子在望他，它时刻准备听候他的召唤。

太阳一点点地在天上爬过，他开始向家的方向走去，一步步挪着身体，手在他身前不停地等他。手成了他的引路者。

每天早晨，手都要去一次超市，给他带回一天的食物。食物就在篮子里放着，连同小胡找回的零钱。手抬头望他，他伸手在手的头上拍两下，手受到了鼓励，伸出舌头柔软地在他手上舔几下。

民政助理小李来了，在他面前叫一声：老前辈。他点点头，招呼小李坐下，狗从门里叼出一只小凳放在小李身旁。小李就笑着说：老前辈，你的狗真通人性。

听小李这么说，他补充道：它叫手。

小李一笑：对对，它叫手，你看我这记性，每次都忘。

小李坐下，探过头又说：老前辈，前几天镇领导又开会研究了，觉得还是让你下山住合适。养老院有人伺候你，吃的穿的用的都不用你操心。

小李说完期待地望着他。

他不看小李，摇摇头，在心里说：我哪儿也不会去。

小李又说了些什么，他一句也听不下去了，他盼小李走，小李一走，他还要去看她们。小李终于要走了，他站起身冲小李招招手，算是告别了。他转过身冲手说：咱们该走了。

一人一狗，慢慢地向墓地方向挪去，像两个影子，一长一短，游移在曲折的小路上。

有时，他从屋里移到门前，手叼出小凳放在他身后，他坐下，手蹲在他面前。他望着手，手也正望着他。人和狗相互凝视着，他知道属于自己的日子不多了，他不怕离开这个世界。对他来说，他拥有这个世界虽然短暂，但他来过了，他一直认为，自己去了，就会在另外一个世界里见到她们。她们仍然那么年轻鲜活，可他已经老了，想到这他有些悲凉，但毕竟会和她们重逢，他守望了她们这么久，想必她们不会忘记他。这么想过了，心里就多了层东西，毛茸茸地在他心坎里爬过。他唯一不放心的就是眼前的手，手的母亲陪了他十五年，手又陪了他十年。二十五年光阴，说长不长，说短不短，手早就成了他的伙伴。他凝视着手说：我要走了，以后就剩下你一个了。

手似乎听懂了他的话，把头伸过来，偎在他的腿上，温暖地靠着他。他伸出手摸着它，让它的温度传递给他。他想到了自己离开后的日子。

第二天他打发手下山时，在纸条上给小胡捎了句话，请小胡上山来一趟。小胡看到纸条如约而至。这么多年，他很少和人打交道，打交道最多的就是镇政府的领导，过年过节，镇政府的领导都会到山上来看他。其他的人只有开超市的小胡了。他脚力尚好时，几乎每天都要去小胡超市，有时不买什么，就是站在超市门口和小胡说上几句话，也让手和哥哥姐姐相聚一刻。当年他把手的哥哥姐姐送给了小胡，他和小胡也算是有交情的人了。小胡也是爱狗之人，两条狗一直养到现在。

小胡来了，站在他面前，小胡称他“老革命”，自从认识小胡那天开始，小胡就一直这么称呼他。他从怀里掏出一摞报纸包裹的钱，大约有几万。这是他这么多年的退休金，还有政府给他的伤残军人补贴。他把钱递给小胡，小胡没接，诧异地望着他。他不容置疑地说：你拿着，我有话说。

小胡犹豫着把报纸包裹的钱接了，他才说：我要不在了，求你两件事，一是帮我照看手，二是帮我照看房子。手是只听话懂事的狗，这么多年了，多亏它陪我。

小胡点头，望了眼静立在一旁的手道：老革命，这你放心。我一定会照看手，你平时怎么待它的，我也怎么待它，我一定能做到。

他把目光越到她们的坟前，说：我这三间房子十几年前修过了，不值几个钱，有房子在就是个家。你帮我照看着，抽空打扫一下，让她们累了也有个歇脚的去处。

小胡顺着他的目光望过去，看见了那几座坟。小胡转过头来时，望着他就语塞了，小胡突然明白老革命这么多年不下山守在这里的理由。小胡四十不到的样子，虽然他没亲眼见证过那次伏击战，但伏击战的故事他听说过。生在二龙山脚下的人，没人不知道那场战斗以及牺牲在山上的烈士。

小胡把钱放在他怀里，直起身道：老革命，这两条我都依你，也保证做好，可这钱我不能收。

他望着小胡，又举起了那包钱，眼神是不容置疑的，一直固执地举着。小胡仍想推拒，但在他固执的神情下，还是一点点地把手伸出去，接过他手里的钱，低下眼皮道：既然这样，等你真的百年了，我给你烧纸、送终。

他摇摇头：政府会给我送终。

小胡眼里有了泪水，别过头去抹了一把。

后来小胡就下山了，一步三回头。

不久后的一天早晨，他仍像往常一样，从床上下来挪到门口。手已经把小凳叼在门前，他坐下，身子倚在门框上。太阳出来了，照在他的身上，晒满了整个小院。

手把篮子挎在脖子上，等他往篮子里放纸条和钱，他却没动，目光越过狗去望那片墓地。墓地在不远处，笼在他的目光里，他一直睁着眼向前凝望着。

太阳一点点地升起，温度升了起来。手后来等累了，伏在他跟前，头一点一点地打着瞌睡。

太阳又偏西一些的时候，小胡上山了，手里提着菜。他没等来手，自己便上山了。小胡弯下身子冲他叫：老革命，老革命……他走了。

他的后事果然是政府操办的，生前他和镇领导以及民政助理小李反复交代过，自己要葬在二龙山上，就在他家后院一片林子里，他为自己选好了墓地，并领着领导和小李看过。

政府就依他的遗嘱将他火化后葬在了山坡上。人们发现，他的墓地在他屋后的上方，目光越过他的房顶，正好可以清晰地看到那几个女兵的墓地。

他去了，安葬了，一切似乎都结束了。

手却不肯离开，守着他的墓，守着昔日这个家。小胡想了各种办法想把手领到山下去，他把手领下去，手又回来，径直来到他的墓前，趴在那里和墓地对视。

无奈的小胡，只能每天上山一趟，给手带来食物和水，顺便打扫一下院子。那三间房子还在，院子打扫过依旧整洁，篱笆墙还是几十年前的样子。

清明节的时候，有学生，也有政府机关的人到山上来祭奠烈士。

他不在了，民政助理小李便成了解说员，他站在墓前冲人们说：这是牺牲在这里的几名女护士，当年的伏击战战地医院就设立在我身后的院子里……后来，他留下的小院也成为了当年战争的遗址。政府在小院门前立了块牌子，上书：市文物保护单位，战争遗址。

手每天走进小院，叼着他的小凳，来到他的墓前，把小凳放在他的身旁，然后手趴下身去守着他。静静地，太阳升起又落下，落下又升起……某一天，小胡来扫院子给手喂食，发现手卧在他墓前再也起不来了。小胡在他墓前的一棵树下，把手葬了。

一人一狗相依相伴，静静地望着这个世界。草青草黄又是一年了。

夜过前栗山

陆涛声

苏南本是一望无际的平川，在武北和澄西交界的地方，却伏卧着一座土岗。这土岗，高七八丈，周长不满一里，当地人叫它前栗山。山顶上，有座古老的庙宇——大王庙，有前后四排房屋，第二排是大殿，殿前有两棵一抱多粗的白果树。右边那棵树上，挂着一只古老的铜钟。四周沿山脚，有一条小溪围着，只有一座小木桥与平地相通。“八一三”，日寇把侵略战火烧到上海滩时，国民党军队曾在这土岗上筑下几座“国防碉堡”，说要与日寇决一死战。战火蔓延到江南平原之后，守在这些碉堡里的“中央军”却一枪未发，溜得不知去向。许多城镇学校校舍被占，教员四散，学生失学。这前栗山地处偏僻，有位名叫孙炯的知识分子，便动员地方士绅，召集失业教员，在这大王庙门前挂上了“栗山中学”的校牌，收下了百余名学生。

学校办起来之后，国民党的“背包县政府”并不拨发分文经费；在这一带活动的“忠义救国军”和“保九旅”，还经常闯到这里来向教员敲诈勒索。一些教员又开始陆续弃职离去。栗山中学，便像风雨中的小船，在风浪里颠簸。

一

一九四〇年六月的一天傍晚，又有一个教员卷起铺盖，要离开学校。校长孙炯慌忙上前拦住，苦劝道："国难当头，我们不能看着这批年青人失去读书机会，恳请钟先生齐心协力把学校办下去。"

钟先生皱起眉头说："个人清苦且不说，可这学校眼下已经像风中残烛，我们哪有能力支撑得住。再说，今后学生毕业了，究竟到哪里去，怎样救国，谁也没数。"孙炯耐心地说："学校确实困难很多，但还没有到山穷水尽的地步。不管怎样，我们多教学一天，也算是为培养救国人才多尽一份心。培养了人才，总会有发挥他们才能的地方。绝不能半途而废……"

孙炯苦口婆心劝说了一番，钟先生终于长叹一声，慢慢放下了铺盖。

就在这时，突然有个人大步走进门来，孙炯一回头，见是四乡联合办事处副主任李昌明。李昌明说，新四军有位首长路过这里，听说你们办了栗山中学，打算在你们学校歇个脚，和先生们谈谈。请你和先生们打个招呼，请他们晚点回家。

孙炯没有见过新四军，但他早就听说新四军在江南打过好多胜仗，心里早就钦佩。然而，他又有点奇怪："历来文武是两家，握枪把子的和我们捏粉笔头的有啥好谈的呢？"他沉思了片刻，又问："是什么样的首长？尊姓大名？"

李昌明笑了笑，神秘地说："据说是位司令员——到时你就知道了。"李昌明说完，就告别孙炯，匆匆去迎接新四军的首长了。

孙炯回到办公室，马上把新四军首长要来的消息告诉了教员们。他一说，办公室里一下子像打翻了的喜鹊窝。那个钟先生惶恐地说："什么将军啊司令的，这两年我们见得多啦。靠一靠就得叫人脱掉一层皮。我们这个穷学校，教员在勒紧裤带子教书，买粉笔的钱都难凑，哪还有油水给这些将军、司令刮？唉，这一回，学校又要霉上长霉！我刚才没下狠心，现在看来不得不走了。"

一个穿学生装的年轻教员说："听说新四军致力于抗日，在茅山一带浴血奋战，队伍纪律严明，所到的地方，秋毫无犯，不见得会糟蹋学校。”

一个戴眼镜、穿长衫的老教员摇摇头说：“俗话说，秀才遇到兵，有理说不清。当兵的不懂教育，话说得不投机，少不得要吹胡子瞪眼睛，弄得不好，还要请你吃耳刮子。”

一时，众说纷纭，办公室里空气显得有点紧张。钟先生竟站起身来，重新背起铺盖走出门去。这种情况下，孙炯一时也难找出言词来稳住教员们的心。就在这时，门外就有学生喊：“孙校长，有一队当兵的往我们学校这边来啦。”

二

孙炯料定是那位司令员到了，忙迎出校门，匆匆走下山，来到桥头。有一队人马正向小木桥走来。前头一个中年人身材很魁梧，穿着一身灰军装，胸前挂着望远镜，骑着一匹白马，威风凛凛。他头脑里打了个忽闪：传说新四军中有一位白马将军进驻茅山，用兵如神，日寇闻名丧胆。这位骑白马的，会不会就是……没等孙炯把姓名想出来，骑白马的中年将军就翻身下马，来到他面前，没等他问出口，就伸出手，带着浓重的四川口音，爽朗地说：“我姓陈名毅，字仲弘。”然后亲热地拉住孙炯的手问：“你就是孙炯校长吧？”

陈毅，果然是他！他气宇轩昂，举止豁达，一副儒将风度！

孙炯领着陈毅来到办公室。办公室里只剩下三四个教员。孙炯心里有数，一些人是怕新四军来了找麻烦，躲避了。他很不安，忙泡了茶，给陈毅递上一杯。

陈毅和在场的教员一一握过手，朝办公室巡视了一周，故意问：“你们学校就这几位教员？”

孙炯有点尴尬，搪塞说：“不，不，还有几位有点要紧事先回去了。”

陈毅笑了笑，自动坐到一张椅子上，又问：“总共有多少学生？”

孙炯恭恭敬敬地回答：“一百四十七名。”

陈毅微微点了点头，信手从桌子上拿过一份学生的大字本翻阅起来。那本子上写着工整的毛笔字："抗击日寇""以雪国耻"……他翻了几页，又轻轻地合上，放回原处，说道："字写得还不错，颜鲁公体，刚劲有力！"随后叹道："你们创办这样的学校真不容易啊！"

孙炯说："国难当头，我们几个避难的文人，不能拿枪上战场为国征战，只能办所学校，为抗日救国培养人才尽一份心。"

陈毅又问："你们办学的经费是哪里来的呢？"

孙炯说："我们邀了几个地方士绅成立了校董会，募捐些钱；再则，向学生中富有人家的子弟征收些学费。"

在场的教员听到问起学校经费，以为又像先前过往的军队那样，要在这上面打什么主意，有点惶惶不安，连声叫起苦来：

"陈将军，我们这些教书的，有的拿几个薄薪勉强糊口，有的还是义务教书。"

"拿我来说，喝开水的钱都不拿，冬天缺寒衣，夏天缺蚊帐。"

…………

事实确实也是如此。办公室里，桌子、椅子都是破破烂烂的；好几个教员面色苍白憔悴，身上衣衫也打着补丁……陈毅默默地朝教员们望了一会儿，亲切地说："共产党提出了抗日救国的十大纲领，你们听说了没有？其中第八条就是要办好抗日的教育。你们能出力，在这偏僻的农村为穷苦老百姓办学，为抗日救国培养人才，这很好！一定要坚持办下去。至于经费——"他说到这里，戛然煞住话头，想了想，提起笔写了张条子，交给副官说："去找军需，叫他立即办好。"

一会儿，两个新四军战士抬来了一个枣红色的小箱子。陈毅打开盖子，对孙炯说："这给你们作办学经费。"孙炯和教员们一看，箱子里整整齐齐放着十来排白亮亮的银元，有四五百枚。顿时，孙炯和教员们心里都泛起层层激浪。自古以来，哪有这样的好军队、好司令……教员们都不约而同地端详起陈毅来。

陈毅军帽下那对智慧的凤眼正深情地注视着教员们。他穿的灰军装，衣袖口已经打了补丁，脚上穿着湿漉漉的草鞋……

孙炯抑制不住内心的激动，忙拿过揭示板，贴上一张红纸，挥起毛笔，写上了一行大字：“新四军陈将军赠本校经费光洋五百元。”他正要往外挂，陈毅一手摁住说：“孙校长，这是新四军按照共产党提出的抗日救国十大纲领，发给学校的办学经费。写我个人捐赠不妥，应当纠正。”孙炯只得另取一张红纸，改写成“共产党领导之新四军拨发”。写好后，那位年轻教员便兴冲冲地挂在校门外了。

孙炯望着陈毅，心里十分感激，却又不知该怎样报答。他愣愣地想了一会儿说：“陈将军给本校师生带来了共产党的恩典，我当集合本校师生，请将军讲讲话。”接着，几位教员也纷纷要求陈毅讲话。

陈毅笑着，坦然地说：“行啊。”

孙炯随即走到天井里的大白果树下，正要拉绳打钟集合师生，外面就拥进来一批人，有学生，有农民，也有士绅。原来，揭示板一挂，新四军发给学校五百银元的消息，像一阵春风一下子吹遍了前栗山周围的村庄，孙炯放开钟绳，迎着来客，连忙招呼大家到大殿前集合。一些原来躲避起来的教员也都纷纷露了面。钟先生在家听到消息，也悄悄来到学校躲在人群中。一会儿，大殿前的台阶下聚集了三五百人。台阶上，居中摆着一张八仙桌，两边分放着十来把椅子。孙炯请陈毅在八仙桌正面入座。孙炯拱起双手，朝人群施了个礼，激动地说起了开场白：“诸位先生，诸位乡亲，诸位同学，栗山中学创办以来，得到乡亲们鼎力支持和资助，然而毕竟有限。陈将军带领新四军，为挽救中华民族，抗击日寇，出生入死，屡建奇功，威震江南，名扬九州。今天亲临鄙校，资助五百银元，使鄙校得以枯木逢春。”说到这里，他回头朝陈毅及一些新四军干部看了看，又激动地说：“然则，诸位请看，陈将军本人及所率将士，衣着这样朴素。我孙炯深受感动。今后，我当尽犬马之劳，与全体教员协力同心办好学校，训育好救国人才；全体同学，应当刻苦学习，将来奔赴抗日战场，为国立功，报答共产党的大恩大德，感谢陈将军的关怀——现在，请陈将军给大家讲话。”

顿时，天井里爆发出一阵热烈的掌声。

陈毅微笑着站起身来，向前走了几步，朝大家环视了一下，跨下一级台阶，双手抱拳向大家拱了拱，亮开嗓子说：“我是四川人，跟你们的口音不同，恐怕大家听不懂，得请哪位当个临时翻译。”他回过头，以征询的目光投向几位老师。

也巧，学校的教导主任在四川念过书，便自告奋勇走到了他身边。

于是，陈毅便讲开了。他说，新四军是共产党领导的人民军队，誓与人民休戚与共。挺进江南，抗击日寇，能够生根立足，是得到了广大百姓的支持。新四军是鱼，江南老百姓就是水，现在，老百姓的灾难是深重的。要赶走日本帝国主义，就得全国的军队和民众团结一致。中国共产党真心实意地要和一切不愿做亡国奴的人团结起来，结成广泛的统一战线。大家能坚持团结，坚持进步，坚持抗战，就一定能胜利……

陈毅说，也有那么些中国人，嘴上喊抗日，实际上却恰恰相反，他们不顾人民受难，国家危亡，把枪口对着共产党和一切爱国人士。他们要破坏抗日，我们新四军不答应，江南人民和全国人民也一定不会答应的。

陈毅还说，孙校长和诸位先生开办栗山中学，办抗日教育，就是适应民族救亡的需要。中国共产党不仅要坚决打败日本帝国主义，还要实行新民主主义，改变中国贫穷落后的面貌。毛泽东主席最近指出，不但要把一个政治上受压迫、经济上受剥削的中国，变为一个政治上自由和经济上繁荣的中国，而且要把一个因被旧文化统治而愚昧落后的中国，变为一个被新文化统治而文明先进的中国。一句话，我们要建立一个新中国。学校要办成传播新思想、新文化的苗圃。培养的人才，还要准备将来为建设一个新国家服务。青年学生在学校里，要刻苦学好各种知识，同时也要积极参加抗日斗争，要立志跟工农大众结合。这样，学校、教员、学生就一定会有光明的前途……

陈毅激情满怀地讲着，一会儿跨下一级台阶，一会儿又踏上一级台阶；一会儿挥动有力的臂膀，一会儿又双手卡在腰里；一会儿谈笑风生，潇洒自如，一会儿如奔腾的大江，慷慨激昂，气吞山河。在场的听众，不管是教员还是学生，不管是士绅还是农民，都一下子被这场生动的演说拉进一个光明的境界。他们一会儿鸦雀无声，一会儿笑声朗朗；一会儿点头默赞，一会儿掌声如雷……

人群中有个姓吴的大爷，是老农民。他眯起眼，望着陈毅，听着听着，不禁入了迷。他嘴里衔着旱烟袋，火灭了还不知道，还在叭叭地吸着。

陈毅的演说最终在一阵热烈的掌声中结束。孙炯忙给他端茶让座，他却依然挺立原地，笑着对大家说："现在，我有个建议，让我们新四军战士给大家唱支歌——《大刀向鬼子们的头上砍去》！"接着，他就挥动着双手，放开嗓门，领唱了一句，指挥着大家唱起来……

雄壮的歌声，越过院墙，响彻山头，驰遍原野，如一股势不可挡的巨浪，为锦绣河山伸张着正气。

唱完歌，天已擦黑，圆月东升。人们在议论中纷纷散去。这时，李昌明已为陈毅安排好晚饭，同副官来请陈毅去吃饭。陈毅一见李昌明便说："还有点事要委托你。"

李昌明问："什么事？"

陈毅说："今天给他们学校发了五百元钱，只能解决他们眼前的困难。今后，你们筹划抗日经费时，要定期给学校发一笔。凡是地方上办的抗日教育，你们办事处都应该发动群众支持他们，及时帮助他们解决各方面的困难。"

李昌明带着愧意说："办事处刚建立，疏忽了这方面的工作。今后一定注意。"他又对孙炯说："以后有啥难处，及时告诉我们。"

孙炯望望陈毅，再望望李昌明，感激得不知说啥好。

三

就在这时，副官说炊事员已做好晚饭，请陈毅去吃饭。

陈毅正要动身，孙炯忙拦住说："我已备粗茶淡饭，请陈将军同饮水酒一杯。我还邀了地方上几位先生作陪，望陈将军勿辞。"

副官忙对孙炯说："我们新四军遵守'三大纪律八项注意'，陈司令员从不随便吃群众一菜一汤。你们学校这么困难，陈司令员无论如何不会同意的。"

孙炯诚恳地说：“这顿晚饭是我个人准备的，与学校经费无干。都是些乡村土产，已经摆了席，无论如何要请陈将军赏光。”许多教员和士绅也纷纷劝说，要请陈司令员赴宴。

副官正要再次谢绝，陈毅却阻止了他，说：“孙校长和诸位先生这样盛情，我和副官理当奉陪。”孙炯喜出望外，连声喊：“请，请……”陈毅拉着副官，跟着孙炯向后殿走去。

副官大惑不解，心想：陈司令员平时经常教育部队要严格遵守“三大纪律八项注意”，自挺进江南以来，他自己处处以身作则，为部下做榜样。记得一次在丹北，他饿了整整一天，警卫员擅自走进一个老乡家，想找几个鸡蛋给他吃，他知道后严肃地批评了警卫员，并向老乡道了歉。今天怎么会答应赴宴，怎么连我也拉了去呢？

后殿里灯烛高悬。灯下摆了两桌酒菜，菜确实是农家菜，酒是农民自家酿的。陈毅来到桌边，不仅不推让，竟还反客为主，主动招呼教员和士绅们入席。席间，他和大家谈古论今，谈得很热烈。

酒过三巡，孙炯提起铜壶，要给席上各位斟酒。陈毅从容地站起来，笑着说：“这酒应当由我来敬。”

孙炯谦恭地说：“我们这些乡村教员，怎么能受陈将军如此重礼！”众士绅和教员们也忙连声附和：“将军敬酒，怎敢领受！”

陈毅诚恳地说：“诸位为办抗日教育，不辞艰辛，我代表新四军，给诸位敬一杯，表示慰劳，理所应当。”说着便把酒壶拿过来，给所有的人一一斟过，放下酒壶，又说：“如果大家都能像今天团聚一起饮酒一样，能同心协力投身到抗日民族统一战线之中，为抗战竭尽全力奋斗，那么，我们中华民族，就一定能战胜日本帝国主义，一定能取得伟大的胜利！”说着，右手握起拳头，向空中有力地一挥……

席散后，陈毅又邀大家走出校门散步。此时，圆月当头，陈毅把大家带到了半山腰的一座废碉堡旁。他踏上废碉堡，极目远眺。往北四十余里，便是江阴要塞，奔腾的大江，要塞的炮台，仿佛都依稀可见。他深深吸了口气，感慨地说：“这样的大好河山，遭受敌寇肆意蹂躏！可惜，那些自称‘正统’的中国人，虽然在要塞和这里筑下‘国防碉堡’，当敌寇真的到来时，这些国防工事竟都变成了‘不防工事’。祖国大好河山，还得靠全国一切爱国的志士仁人和八路军、新四军拧在一起，用自己的鲜血来重新装点。”

在人们的感叹声中，陈毅缓步走下废碉堡，满怀豪情，随口吟出了一首诗：“江阴天堑望无涯，废垒犹存散似沙。客过风兴敌惶急，军民游击满南华。”

在场的人听了，都赞不绝口。一个平时自称博古通今的士绅也忍不住走到陈毅面前说：“陈将军游击江南，敌寇闻名胆寒；今朝即兴吟诗，出口成章，豪气冲天，犹如宋时稼轩，有儒将风度！”

士绅们散去后，副官同陈毅到老乡家去住宿。他陪陈毅赴了这次宴，心里横竖不踏实。正想开口问缘由，陈毅已看出了他的心思，笑着先开了口：“你觉得这顿晚饭不该去吃，是吗？哈哈，你就没想到该看路拐弯？你想，人家备这两桌酒菜不容易。已经备了，你不去，钱也花了。我们去了，我们付钱，不是减轻了他们的负担吗？等一会儿，你把我这个月的津贴全部拿去，写个条子附上，就说这顿晚饭由我请客。钱和条子，要悄悄放在孙校长的桌子上。”副官一听，恍然大悟，难怪司令员在席上会两次反客为主，还是他想得深，想得细，想得周到，机动灵活地执行了“三大纪律八项注意”。

当夜，陈毅率领新四军战士们，带着极其重要的战略任务，离开了前栗山，开往江阴。

四

第二天早上，孙炯打过上课钟回到办公室，正要改卷，突然发现学生的作业本下压着一个小纸包。纸包上写着“孙校长亲收”五个字。打开一看，里边有四枚银元，还有一张条子。条子上写着：“晚间小聚，由陈司令员请客。诸位为办抗日教育历尽艰辛，以此表示慰劳。四枚银元作筹办费用，麻烦孙校长代收。谢谢。”

孙炯看罢，激动得两手颤抖。

就在这时，戴眼镜的老教员匆匆走进门来报告说：“孙校长，今天课堂上学生少了三分之一，缺席这么多，不知是啥原因。我问来的同学，都说不知道。”

孙炯感到十分奇怪：栗山中学创办以来，虽曾有教员弃职离校，但学生从不旷课，今天怎么会缺这么多，又不跟学校请假？他觉得情况有点特殊，忙对办公室里的其他教员说：“我们不能辜负陈将军的期望，得马上分头出去，上门走访，把学生叫回来。”说着便放下纸包，亲自带头出门。

孙炯和教员们还未走出办公室门，一批乡亲拥进校门来。领头的就是那个吴大爷。教员们一看，正是他们要去找的那些家长。孙炯正要发问，吴大爷从口袋里摸出一张纸条交给他说：“孙校长，这是我孙子叫我交给学校的。”孙炯接过一看，只见上面写道：

孙校长及诸位老师：

听了陈将军的训话，我懂得：青年人只有和工农大众结合起来，打倒日本帝国主义，为把旧中国改造成新中国而努力奋斗，才有出路；共产党是人民的希望，新四军是抗日的优秀军队。我和一些年龄较大的同学决定参加新四军，跟陈将军去抗日。我爷爷很支持我。我们去找陈将军了。老师们，我们走正道，你们一定也会支持……

孙炯念完条子，心里热乎乎的，说：“孩子们跟着陈将军，一定会有出息。我放心，我高兴。”其余家长也都说自己的子女去参加新四军了。教员们见自己的学生能奔赴抗日前线为国出力，也都感到自豪、光荣。

人们议论间，钟先生背着铺盖从人群里走了出来。昨夜他躲在人群里听了陈毅的讲话，心被烤热了，回家后一夜没有合眼。这时他红着脸羞愧地说：“孙校长，我想回校与诸位同心奋斗，不知学校还有没有我的位置？”孙校长忙接过他的铺盖，真诚地说：“先生回校教学，是为正义，我孙炯理当欢迎。”

俄罗斯陆军腰带

马晓丽

秦冲没想到这辈子还能见到鲍里斯，更没想到会在远离中俄边境的地方见到鲍里斯。

秦冲迅速地瞥了一眼鲍里斯的肩章，心当即就被狠狠地抓挠了一下，这家伙都是上校了！

秦冲是中校，虽然看上去只比上校差一级，但中俄两军编制不同，鲍里斯的上校上一级就是准将了，秦冲的中校上面还有上校、大校，然后才是将军。秦冲立刻觉得两个臂弯同时发痒，心想，这回神经性皮炎指定是要犯大发了。

“你好，秦！”鲍里斯离老远就大叫。秦冲赶紧迎上去，一边喊“老鲍，你好”，一边瞄住鲍里斯的手臂动作，恰到好处地跟他同时抬手敬礼，既避免了低一级先敬礼的尴尬，又不失热情和礼节。

直到跟鲍里斯的手握在一起之后，秦冲才正式开始兴奋。鲍里斯的手仍旧很不军人，厚软且潮热。从前秦冲每次跟鲍里斯握手都会有一种怪异的感觉，觉得自己握的不是鲍里斯的手。换句话说，就是秦冲认为鲍里斯这家伙的手不该这么温厚，因为秦冲尝过这只手出拳的滋味。但今天，鲍里斯那多毛而温厚的手却让秦冲备感熟悉和亲切。

毕竟，他们是老相识了，不管当年秦冲多么烦这个倒霉的鲍里斯，但多年之后意外相见，特别是在中俄联合军事演习的野营村相见，还是令秦冲十分高兴的。

秦冲和鲍里斯是名符其实的老对手了，当年他俩都是边防连长时，曾守过同一段国境线，只是他们一个在国境线这边，一个在国境线那边。一般情况下，国境线两边的边防军人是难得照面的，因为两国的哨所之间有固定的距离，巡逻线路也大多只并行不交叉。但他们这里不同，秦冲和鲍里斯守的是一段黑龙江，这江冬天封冻，夏天开化，所以哨所和巡逻线路就总得随着季节不断变化。夏天的情况比较简单，宽阔的江面把他们分别隔在两岸，两个边防连隔江相对着就是了。偶尔会发生一些行船偏离江心进入对方国界的情况，但大多不用你管他就会自行调整回来，不会有太大的麻烦。麻烦的是冬季。冬季黑龙江会封冻，封冻之后江面上不仅能走人，而且跑载重车都没问题。所以一到这个季节，方方面面就都活泛起来了，偷越国境的想趁这个时候跑人，偷关的想趁这个时候倒腾货，还有那些在江面上凿冰捕鱼的，你一眼看不住他就可能凿到外国领土上了，稍不留神就会给你凿出个边境纠纷来。所以，每当进入冬季，两岸的哨位就开始跟着冰冻的江面，从岸边一点点地向江心推进。也就是在这个时候，秦冲的神经性皮炎开始准时发作。随着哨位不断地向江心的国境线推进，秦冲的两个臂弯内侧的皮肤就会越来越红，越来越痒。直到哨位推到江心，直到两国哨兵鼻子碰上了鼻子，直到秦冲跟鲍里斯两个眼儿对上了眼儿，秦冲的神经性皮炎就彻底大发作起来了，痒得那叫一个抓心挠肝，扛不住时真恨不得拿刀把整块皮给片了去。

起初秦冲并不怎么烦鲍里斯。鲍里斯会讲汉语，是莫斯科大学汉语专业的，比较好沟通。但这还不是主要的，主要是秦冲觉得鲍里斯虽说不是陆军专业，没有伏龙芝那样令人信服的背景，但看上去很军人，身姿挺拔，着装严谨。俄军那时的服装比咱讲究，鲍里斯即便外面套着迷彩短大衣，也会束紧腰带，领口处露出一截体面的领带，而且无论什么时候出现，鲍里斯脚下的皮靴都擦得锃亮。尽管后来秦冲知道鲍里斯的皮靴并不是他自己擦的，但秦冲还是很欣赏鲍里斯的军容军姿。军人嘛，秦冲说，就得有军人气质。秦冲是很在意军人气质的，可惜那时咱的军装不给撑腰，想御寒就得把自己穿成个棉花包。秦冲是坚决鄙视棉花包的，所以在棉花包和气质中间他当然地选择了气质，也就是说在保暖和挨冻之间他当然地选择了挨冻。这就把秦冲弄得很悲壮，无论是巡岗查哨还是处理边境问题，只要是出现在俄军面前，特别是出现在鲍里斯连长面前时，秦冲准穿得周吴郑王的，而且冻死不服软，嘴都瓢了还叫硬，声称自己是耐高寒优良品种。其实，连刚下连的新兵都看得出，秦连长是在跟对面的鲍连长较劲儿，比的是军人气质。

秦冲开始烦鲍里斯是因为菜地的事。秦冲的连队有一块著名的菜地，之所以著名，是因为在高寒地区开出这么一片菜地不容易。要知道，这里一年只有三个月的无霜期，只能抢在这三个月里种菜，而且还不是什么菜都能长，什么菜都能长得好。秦冲的连队不仅在这里种出了菜，而且还把菜种得有模有样，很给连队争脸面。这菜地自然就成了秦冲的宝贝，只要有人来连队，秦冲准会领着人家去菜地参观。

边境气氛趋于缓和之后，两边的连队有了较多的接触，时不时就在一起搞个联欢。有一次联欢后，秦冲为了表达热情，当然也是为了在鲍里斯面前显示，就把他们领到菜地参观，而且当场发给俄军官兵每人一个塑料袋，让他们进菜地自己摘点黄瓜、西红柿带回去。这下可把俄罗斯兵乐疯了，他们争先恐后地冲进菜地，不一会儿每人就摘了满满一袋子黄瓜、西红柿。秦冲注意到鲍里斯没进菜地，但当时没往心里去，以为鲍里斯是端着，或是不想弄脏了自己的皮靴。

不久后，他们又搞了一次联欢活动，联欢活动的最后一项仍旧是安排俄军去菜地里摘菜。令秦冲万万没有想到的是，刚要给他们发塑料袋，他们就一人从腰间拽出了一个大编织袋，人家自己早就准备好了。一看这架势，秦冲就知道坏了，地里哪有那么多黄瓜、西红柿呀，要是把那些大编织袋都装满，这菜地立马就得罢园了。可既然把人家领来了，就不能不让人家把口袋装满。秦冲翻眼去看鲍里斯，见鲍里斯竟像没事人儿似的，兴致勃勃地看着眼前的热闹场面。秦冲心下一沉，立刻稳住神儿，命战士们赶紧抢在俄军前面砍大头菜往里装，尽量减少我军的损失。

送鲍里斯走之前，秦冲意味深长地问鲍里斯，老鲍，看来你们很喜欢我们的菜地呀。

鲍里斯说，是的是的，你们的菜地很有趣。

秦冲立刻跟上一句，你们也可以种菜嘛。

不不，鲍里斯连连摇头。

不会种不要紧，秦冲说，我们可以给你们提供技术帮助。

不不，鲍里斯还是摇头。

菜种、菜苗也没问题，秦冲又说，我们育苗时给你们带出来就是了。

不不，鲍里斯更加坚决地说，不是这个问题。

那还有什么问题？秦冲问。

鲍里斯说，问题是，我们不是农庄，是军队。

秦冲当时就卡壳了。

秦冲怎么也没想到鲍里斯竟能连骨头带筋地扔出这么难啃的一句话。这句话让秦冲在暗地里悄悄地啃了好长时间。啃没啃出名堂不知道，反正打那以后秦冲对菜地的热情明显不如从前那么高涨了。也就是从那时起，秦冲开始越来越烦鲍里斯了。只是那时秦冲的烦基本上还控制在正常范围之内，没达到后来那种剑拔弩张的地步。

眼前的鲍里斯仍旧身姿挺拔，皮靴锃亮。这么多年过去了，老鲍除了军阶有变化，其余方面似乎毫无变化，连神情都跟原来一样。见鲍里斯也在打量自己，秦冲下意识地挺了挺胸脯儿。

秦冲今天穿的是作训服，脚蹬一双高靿作战靴，裤脚松松地塞在靴靿里，头戴一顶特种兵的贝雷帽，帽舌斜斜地压在眉峰处。秦冲知道自己身上这套装束野战味十足，更知道这种粗野的美很适合自己。好好看看吧，秦冲不无得意地想，今非昔比，现如今该轮到你老鲍眼馋我了吧？

果然，秦冲如愿以偿地在鲍里斯的眼里看到了赞许、羡慕的亮光。

秦冲对鲍里斯他们这支部队印象一般。

秦冲的特战营一进野营村就开始打扫卫生，整理内务。秦冲检查了一圈，以他的严苛都没挑出什么毛病。鲍里斯那边的俄罗斯兵可倒好，背包都没拆就撒丫子放了羊，眨眼间就把七个球场全占满了。秦冲过去看了一眼，简直没个样，光大膀子的光大膀子，穿大裤衩子的穿大裤衩子，满场呜嗷乱叫不说，没过多大一会儿就当场打断了一个兵的一只胳膊。

这事要发生在我军这边就完了，还没上战场就自损战斗力，从上到下谁也别想躲过这个处分了。秦冲想到鲍里斯情绪会不好，丢人丢到外军面前，把人丢大发了。所以秦冲趁午后的空隙时间，特地整了两瓶好白酒去看望鲍里斯。鲍里斯喜欢喝白酒，大多数俄罗斯人都喜欢喝烈性酒，而且特别喜欢喝中国的白酒。从前他俩每次在一起喝酒，鲍里斯都会喝得酩酊大醉。秦冲却从来不醉，秦冲的酒量一般人都比不了。其实鲍里斯的酒量也不小，只是他太贪恋酒，鲍里斯喝酒那架势活像是在讨便宜，多讨一杯是一杯。秦冲挺瞧不起鲍里斯上酒桌的那副德性，但这并不妨碍秦冲每次喝完酒都张罗着给鲍里斯带两瓶好酒回去。一码是一码，秦冲说，我跟鲍里斯之间是国际关系，都国际关系了咱就得表现得大气。

跨过野营村中间那条象征国境线的小路，穿过俄军野战帐篷群，秦冲注意到每个俄军帐篷门口都有一个擦皮靴的搭脚架，心想，看来苏联军队的传统一直没丢弃。秦冲听说 20 世纪 50 年代我军向苏军学习时，第一课学的就是擦皮靴，想到鲍里斯脚上那双永远锃亮的皮靴，秦冲不由得笑了。

俄军军官公寓在野战帐篷群的后面，是几排专门为他们搭建的轻体房。在这一点上，俄军跟我军完全不同，他们可不搞什么官兵一致，他们官就是官，兵就是兵，等级森严得很。秦冲这个营长可以和士兵一样住野战帐篷，但他们一个小排长都得住在军官公寓。

秦冲挺不屑地走进俄军军官公寓，发现这里的设施真全，不仅有洗衣间、淋浴间，而且还有个台球室。秦冲站在连接几排轻体房的回廊中间，一时竟不知该向哪里去寻鲍里斯了。左面那排房间有声音，秦冲转向左面，却猛然撞见了一个肥胖的俄罗斯女人。那女人只穿了短裤和胸罩，正在用一条大毛巾擦湿漉漉的头发，见一个中国军人闯了进来，胖女人尖叫了一声跑回屋去，随着房门嘭的一声被关死，里面传出一阵哈哈大笑的声音。

秦冲十分尴尬，知道自己误闯了厨娘们的住处，赶紧退了回来。秦冲知道俄军士兵不做饭，部队走到哪里都得带着这些厨娘。今天秦冲还特地安排分管伙食的副营长去俄军食堂参观，让他了解外军的配餐方式。结果副营长一回来就乐不可支地对秦冲说：那些厨娘做饭像配药，土豆削了皮再称重，最可笑的是一锅下好几十斤土豆，多一个也得从秤上拿下来……这有什么可笑的？秦冲没好气地瞪了副营长一眼，这叫科学配餐懂不懂？这叫严格按体能需要控制热量懂不懂？不懂就向人家学！

秦冲这次让副营长去跟人家学是有缘由的。俄军刚进驻当天后勤来不及展开，所以第一顿饭是联合指挥部安排的。我们中国人热情啊，而且我们表达热情最重要的方式就是让客人多吃，吃得越多越说明我们心诚，越显得我们大方好客。负责分餐的那几个兵也不知是得了谁的令，铆足了劲儿抡大勺子，个个餐盘都装得溜满。秦冲在一旁冷眼观看，发现许多俄罗斯兵看到面前那一大盘食物都面露难色，心里真替他们愁得慌。秦冲毕竟跟俄军有过接触，知道俄军的食物都是经过计算配比的，吃饭不允许剩，分给你多少就得吃进去多少，不像我们剩了可以倒掉，心想这吃又吃不下，剩又不能剩，倒又不让倒，还不把人撑出毛病呀。果然，没过一会儿那边就出毛病了，原来一个列兵实在吃不下去了想偷偷倒掉，结果被鲍里斯当场抓住。鲍里斯把那个列兵按在墙上足足地训了半个小时，最后逼着列兵把半盘子剩菜全部塞进了嘴里。秦冲知道鲍里斯这是在杀鸡给猴看，更知道鲍里斯这是故意做给中国军人看，否则他犯不上在大庭广众之下足足训上半个小时。秦冲看出鲍里斯做得很成功，那个列兵被逼着往嘴里塞食物的痛苦模样，的确把在场的所有中国军人都镇住了。秦冲也看出在场的中国军人普遍对鲍里斯产生了不满，但秦冲心里没有不满，因为秦冲一直很赞赏外军的配餐制度。当年秦冲在土耳其接受“魔鬼”训练时，就曾得益于那里的配餐制度。特训营严格按照体能配餐，给学员什么就得吃什么，给多少就得吃多少，那时秦冲被逼得连生牛肉都能吃了。回想“魔鬼”训练那么艰苦，如果没有严格的配餐制度，身体恐怕是很难支撑下来的。

秦冲终于找到了鲍里斯。鲍里斯正在轻体房围成的院落中间晒太阳，他看上去似乎心情不错，闭目仰靠在躺椅上，只穿着一条短裤，全身都沐浴在阳光里。午后的阳光从鲍里斯那多毛的身体上流淌下来，漫过青草地，漫过矮树丛，在鲍里斯的周围蔓延出一片金黄色的宁静。

秦冲刚想招呼鲍里斯，却突然看见了鲍里斯脱在旁边的衣服，目光一下子定在了搭在衣服上的那条腰带上。那是一条皮质优良的俄罗斯陆军腰带，棕黄色的皮带条上用明线轧出规则的菱形图案，纯铜卡头在阳光下闪着油亮的光。秦冲熟悉这种腰带，这腰带最独特的地方就在卡头，一般的腰带卡头上只有一个钉，这种腰带的卡头上却有两个钉，腰带上的钉眼也相应地有两排。秦冲曾在身上比量过这种腰带，说实话他很喜欢，他觉得这种双钉的腰带比单钉的扎在腰上更牢靠。秦冲觉得最不牢靠的就是我军现在用的这种腰带，卡头太民用化，时尚但让人心里不踏实。

默默地盯着那条俄罗斯陆军腰带，秦冲忽然间就没了兴致，连招呼都没跟鲍里斯打，就扭头匆匆离开了。

正式演习之前的两军合练进行得很顺利。这次演习主要是为加强中俄两军的联合反恐能力，要求多兵种配合，运用多种手段打击恐怖分子。所以秦冲的特战营在演练中就显得十分抢眼，他们一会儿出现在空中，跳伞在指定地点降落；一会儿从超低飞行的直升机中直接跃向地面；一会儿又沿着立陡立崖的墙壁向上攀爬……俄军的表现也相当不错，他们对陌生环境的适应能力极强，很快就进入了状态。特别是他们的空降兵部队，虽然没展示他们的伞兵战车，但空降兵天女散花般突然密集地出现在空中，然后迅速落地集结，眨眼间就能投入战斗，还是很令人赞叹的。

一切正常，只需再预演一次，就开始正式演习了。但秦冲的神经性皮炎此时却莫名其妙地发作了。秦冲总觉得心里不踏实，但又想不出为什么不踏实。演习前的各项准备工作检查过无数次了，各个关键环节也交代过无数次了，问题到底出在哪儿呢？

近两天野营村的气氛明显轻松了许多，我军的北方军区歌舞团来慰问过了，俄军的远东军区歌舞团也来演出了，演习前的紧张气氛因此掺进了一些类似年节的喜庆味道。但这都不是问题，秦冲挠着臂弯想，而且按照我们通常的说法，这还有鼓舞士气、提高部队战斗力的作用，所以问题应该不在这里。

秦冲的神经性皮炎果然不是白犯的，他很快就追本溯源嗅出了野营村里的异样味道。秦冲发现有士兵在暗地里跟俄罗斯士兵交换物品，而且这种情况大有愈演愈烈之势，最令秦冲担心的情况还是发生了。

按说，两个不同国家的军人整天碰鼻子碰脸地在一起厮磨，互相赠送点小礼物算不得什么。但以秦冲的边防工作经验来看，外事无小事，只要沾了外事的边，即便是小事也能演化成大事。所以从一进野营村，秦冲就在特战营里多次强调不许私自与外军交往，不许与外军交换物品。但在野营村里驻扎着的可不只是秦冲一个特战营，眼巴巴地看着人家与俄军你来我往弄得挺热乎，士兵们自然就会好奇眼馋，自然就会心头发痒。何况那些俄军士兵又经常主动出击，说不定什么时候就从兜里掏出个领花、帽徽、兵种符号什么的，强烈要求跟你换东西。天下的军人没有不喜欢军品的，这些东西谁看见谁动心，谁摸着了都不想撒手。如果只是偶尔换个一两次倒也罢了，小来小去地换换也就罢了，可你想，士兵身上能有多少东西可换的，换来换去不就开始动用下发给个人的装备了嘛，一动装备问题不就大了嘛。在秦冲看来，装备是军人躯体的一部分，是军人战斗力的一部分，躯体和战斗力怎么能随便拿去交换呢？要论喜欢，恐怕秦冲比谁都喜欢这些东西，但喜欢归喜欢，规矩归规矩，不能因为喜欢就坏了规矩。

秦冲决定今天晚上亲自蹲守，看看到底是个什么情况。

白亮白亮的月亮顶在头上，这样的夜晚不适合隐蔽，却很利于观察。好在对秦冲来说根本不存在适合不适合的问题，什么样的环境下隐蔽都不成问题。秦冲选的地方不仅能藏身，还能清楚地观察到中俄两军联合岗哨的位置，甚至能借助远红外夜视望远镜看到临时国境线附近的大部分活动区域。

秦冲很快就发现，其实进入这个区域活动的大多是军官而不是士兵。他看到几个中俄军官在一起比比画画地交谈着什么。大概是我方的一个军官在跟一个俄军少校商量换个徽章，只见我方军官掏出两条丝巾递到俄军少校手中，俄军少校马上痛痛快快地把一枚徽章递了过来。我方军官立刻拿出一面中俄联合军演的旗标，当场就把徽章别在了上面。中俄军官们个个伸长脖子看着那旗标，嘴里不停地发出阵阵惊叹。秦冲好奇地把望远镜聚焦过去，看见那面旗标上面竟然别满了各式各样的徽章。还真有有心人啊，秦冲的馋虫顿时被勾了出来，一拱一拱地直往上顶，在心里对人家羡慕得一塌糊涂。没办法，秦冲咬住牙关想，眼馋也没用，人家机关干部这么干行，咱不行，谁让咱屁股后面跟着一大群兵呢。

晚些时候士兵们才开始活动。士兵们显然不像军官那么张扬，但似乎更加默契。联合岗哨设在临时国境线的两边，之间相距只有几米。秦冲看见刚换下岗的两国哨兵会意地相视一笑，就向对方走去，站在临时国境线两边比比画画地交流起来……月光洒在地上，地面泛起一层亮白色的光。秦冲心中不由一动，这情景太熟悉了，仿佛是在那条冰封的江上，白亮的月光照着宽阔的江面，照着江心的国境线，也照着竖立在国境线两边的哨所。秦冲隐蔽在一个雪堆后面蹲守，看见那个大个子俄罗斯兵比比画画地做出喝酒的样子，中国士兵会意地一笑，从怀里掏出了一瓶酒。俄罗斯士兵的眼睛立刻红了，不顾一切地冲了过来。中国兵却笑着把酒瓶揣进了怀里。俄罗斯兵急切地伸出手去要，中国兵指了指他的腰，意思是让他用腰带来换。大个子俄罗斯兵明白了，马上毫不犹豫地抽出了腰间的皮带……不，秦冲晃了晃脑袋，赶紧把思绪从江边上拉回来，这才看到眼前竟是俄罗斯兵指着中国兵的腰，向中国兵要腰带。中国兵掏出一样东西给他看，但俄罗斯兵显然不满意，坚持要腰带。中国兵又比画了几下，俄罗斯兵就有些急了，一把抽出了自己腰间的皮带……就在这个时候，秦冲突然从暗处跳了出来。令秦冲没有想到的是，几乎就在同时，鲍里斯也出现在这里。

秦冲和鲍里斯惊讶地互相对视着，这情景竟然与多年前一模一样，他们谁也没想到多年前曾经发生过的一幕，会在这里重新上演!

接下来应该是什么呢？接下来是他俩同时发出野狍子般的吼声，顿时把那两个兵吓坏了。中国兵虽然还站得住，但脸却已经贴到了胸脯上。那个大个子俄罗斯兵则面孔煞白浑身发抖，像个被卡住了脖子的小动物。

再接下来就是那条俄罗斯陆军腰带了，鲍里斯抢过腰带狠命地抽打大个子俄罗斯兵，又扒掉大个子俄罗斯兵身上的衣服抽打，后来干脆就把腰带调过来，用那个带双钉的铜制卡头抽打，直打得大个子俄罗斯兵在雪地上不停地翻滚嚎叫。

后来就该是秦冲上场了。秦冲本想拔腿就走的，丢人还来不及呢，凭什么看上人家的腰带？人家的腰带就那么好？就值得你转磨磨想辙整瓶白酒跟人家换？亏这损兵做得出来，回去看我怎么收拾你！见鲍里斯上来就开打，秦冲心里极其不屑，心想自家的孩子自家领回去关上门管教就是了，犯不上在这撒野打给外人看。说老实话，秦冲急眼了也打兵，此刻他就恨不得照自己那兵的屁股上狠狠地踹上一脚。但打也不是鲍里斯那么个打法。首先你得爱兵，得做他的家长，待你和他都认可了这种关系，即使急眼时打他几下子，下手也会带着亲情，双方都能接受。鲍里斯下手没有情，只有暴虐，但这不关他秦冲的事，秦冲只想赶紧把自己的兵带回去处理这事。但就在秦冲转身要离开的时候，却偏巧看见了血——大个子俄罗斯兵的头被鲍里斯打出血了。血汩汩地从那兵的头顶流出，流过眼眶，流过嘴角，顺着稚嫩的下巴滴答滴答地落在坚硬的冰面上。鲍里斯是不该让秦冲看见血的，看见血秦冲就管不了那么多了，在血滴落冰面上的那一瞬间，秦冲突然凌空弹射出去，一把夺下了鲍里斯手中的腰带。鲍里斯迅速回转身毫不含糊地当胸就给了秦冲一拳，两个人就势就扭打在一起了……按秦冲后来的说法，这是他这辈子打的最具有国际影响的，也是最没名堂的、最不讲章法的、最有失军人气质的一场架。根本就谈不上打，秦冲说，脚下溜滑净摔跟头了，那也能算是打架？

秦冲和鲍里斯默默地对视着，这一次他们谁都没朝自己的兵吼叫。月光投射在他们的眼中，悄无声息地修改着从前的脚本——鲍里斯不仅没发火，还微微地笑了一下。秦，鲍里斯说，你们的腰带很好，我们的士兵都很喜欢。

秦冲有些意外地看着鲍里斯，一时竟不知说什么好了。

鲍里斯说，他只是想交换一下留个纪念，可以吗？

秦冲没说话，狐疑地望着鲍里斯。

好吧，鲍里斯耸了耸肩说，没关系。

直到鲍里斯的背影在黑暗中消失了很久，秦冲依然站在白亮的月光下一动没动。

下午突然下了一场暴雨。这雨下得毫无来由，中午还晌晴薄日的，转眼间就狂风大作、暴雨倾盆了。很少见这么大的雨，就像头顶上决了口似的，大水倾泻而下，没几分钟野营村的大小排水沟就都爆满了。眼看帐篷就要进水了，官兵们立刻冲出去冒雨排水。紧急情况下最能看出一支部队的素质，根本不用秦冲多说，官兵们就挖沟的挖沟，培土的培土，舀水的舀水，紧张而有序地干了起来。

对面的俄军帐篷也进水了，秦冲跑过去看了一眼，差点没笑喷，水漫进帐篷把盆都漂起来了，俄罗斯兵却什么都不顾只顾皮靴，光脚站在水里把皮靴提得高高的，好像只要把皮靴保住就什么都有了。秦冲赶紧派人去帮他们排水，俄罗斯兵这才纷纷跑出来，学着我们士兵的样子用盆往外舀水。

像来时一样突然，大雨说停眨眼间就停了。秦冲把俄军的帐篷挨个检查了一遍才放心。在检查俄军帐篷时，秦冲有了个意外的发现，他发现俄军竟然在悄悄地学我们的内务，他们也开始追求整齐划一，把牙缸摆成了一排，而且牙刷都朝一个方向倾斜。只是他们学得还不够地道，新牙刷都没开封，一看就是摆样子给人看的。秦冲心里暗自发笑，尽管秦冲很赞成两军间应该互相学习，但毕竟文化背景不同，有些东西学得来，有些东西是学不来的，硬学恐怕也只是学个皮毛而已。别的不说，俄军光膀子这一手我们就学不来。俄军喜欢光膀子，不光休息光膀子，打球光膀子，连出操都个个光着个大膀子。开始秦冲看了很兴奋，心想这招好啊，光膀子出操多痛快多酷，而且还低碳环保，出身臭汗回来冲冲就行，连衣服都不用换洗了。但细想想还真就不能跟人家学。人家俄罗斯民族就是那文化，讲究的是个“放”。咱中国人不行，咱们讲究的是“收”，凡事都得收着点，捂着点。真要是突然间拉出一个营的光膀子兵，别说老百姓会吓一跳，连自己都觉得不对劲儿。

一个俄罗斯士兵引起了秦冲的注意，这兵年龄很小，脸上泛着一层淡黄色的茸毛，一副胎毛还没褪尽的模样。秦冲经过他身边时，把他手里的毛巾碰掉了。捡起毛巾递给他之后，秦冲随手亲热地拍了拍他的后脑勺，就像平常对待自己的兵那样。后来秦冲就发现自己挨个帐篷检查时，小俄罗斯兵一直跟在他身后。说不清这个小俄罗斯兵怎么会让秦冲心里忽悠一下，猛地想起了那个大个子俄罗斯兵。秦冲站住脚回过头，认真地打量了小俄罗斯兵一番，发现他跟大个子俄罗斯兵一点都不像。但是，他的目光让秦冲觉得很熟悉。秦冲忽然明白了，正是他的目光让自己想起了大个子俄罗斯兵。秦冲其实很不愿意想到他，他是秦冲心中的一个痛。

秦冲和鲍里斯打架之后，秦冲顺理成章地获得了个处分。之后不久，那个被鲍里斯痛揍的大个子俄罗斯兵就偷越国境跑过来了。令秦冲哭笑不得的是，当哨兵把大个子俄罗斯兵抓住带到秦冲面前时，他竟高兴得扑过来想拥抱秦冲。秦冲这会儿躲还躲不及呢，哪能还跟他往一块搅和，赶紧打发人把他送给边境代表去处理。

后来边境代表来找秦冲，说大个子俄罗斯兵是因为实在受不了军队的体罚才跑过来的，他说自己如果再不跑就会被打死。还说他喜欢中国，愿意到中国来生活，表示他可以在中国做点生意养活自己。后来听说要把他遣送回去就嚎啕大哭，强烈要求见秦冲。

秦冲连连摆手说，不见不见。

见边境代表盯着他不吭气，秦冲又负气地说，别这么看着我好不好，好像他是我什么人似的，我跟他什么关系都没有，为他背个处分就已经够傻的了。

边境代表说，大个子俄罗斯兵说见不到秦冲就绝食，他现在已经好几顿没吃饭了。

秦冲这才没了辙，只好答应去见面。路上秦冲还想，见面非得狠训这家伙一顿，但一看到大个子俄罗斯兵的眼神儿，秦冲立刻半句狠话都说不出来了。那大个子俄罗斯兵的眼神儿是那么的单纯，那么的无助。在见到秦冲的那一刻，他的眼睛像焰火般忽地亮了起来，就像看到了亲人一样，目光中充满了希望。秦冲让他坐下，他立刻就坐下。秦冲让他吃饭，他二话不说端起来就吃。他那充满了无条件的信任和依赖的眼神儿，把秦冲的心弄得乱七八糟的。秦冲知道自己承受不起他这样的信任和依赖，自己没有办法帮助他留下来，也没有办法保证他不回到那个令他恐惧的军队。最让秦冲受不了的是，自己不仅得劝说他回去，还得亲自押送他回去。

秦冲永远也忘不了那个寒风凛冽的冬日，他亲手把大个子俄罗斯兵交给了鲍里斯。

一看到鲍里斯，大个子俄罗斯兵的眼里立刻充满了恐惧。他扭过头来眼巴巴地望着秦冲，似乎在乞求秦冲的保护。但秦冲无法保护他，只能硬着心肠，做出一副无动于衷的样子。大个子俄罗斯兵被鲍里斯从秦冲身边带走的时候，像个无助的孩子一样，目光中充满了不解、悲伤和失望。那目光真让秦冲心里受不了，这感觉就像是把自家孩子往狼窝里送一样。秦冲咬紧牙关，目送着鲍里斯往回押送那个兵。在跨过国境线之前，大个子俄罗斯兵的脚步踉跄了一下，然后突然站住了，转过身来定定地看了秦冲一眼。这一眼，看得秦冲心里悚然一惊，那张稚嫩的脸仿佛顷刻间就荒芜了，苍老了，目光中所有的光亮似乎都熄灭掉了，像无月的夜一样没了一点生机，里面只有一种令人不安的濒死的绝望。

秦冲的牙关终于咬不住了，他一脚踢飞了脚下的积雪，头也不回地离开了现场。

秦冲的感觉没错，不久之后就得到消息，说大个子俄罗斯兵自杀了。

从听到这个消息的那一刻起，秦冲就再也没能摆脱过负疚心理。秦冲做过很多努力，想要把自己从这件事里摘出来。他无数次地告诉自己，那个大个子俄罗斯兵的死跟自己没关系，自己在这件事情上无能为力。他也无数次地告诉自己，造成这个兵自杀的是鲍里斯，鲍里斯当然不会饶过一个偷渡的兵，当然要对这个兵施暴，这个兵实在受不了就只好自杀了。可是无论秦冲怎样说服自己，只要一想到那个兵的目光，秦冲就无法安放自己的内心，无法摆脱是自己跟鲍里斯合谋把那个兵逼上了死路的念头。

秦冲坚决地躲开了小俄罗斯兵的目光，他不想回忆过去，不想在回忆中败坏心境。

待到秦冲检查完俄军帐篷往回走的时候，鲍里斯才在远处出现。看着鲍里斯一身光鲜地朝这边走来，秦冲突然感到鼻孔里一阵难耐的巨痒，冷不防打了一个响亮的大喷嚏。

演习进行得很成功，秦冲的特战营在演习中表现得极为突出，最后在解救恐怖分子扣押的人质时，特种兵在人们最意想不到的方向突然出现，迅速制服了恐怖分子，成功地解救出人质，表现出了极强的机动能力和极高的特战素质，获得了联合军演指挥部的高度评价。一切都很完美，只是演习过程中我军后勤部队出了事，一辆保障车在完成夜间无照明快速机动课目时发生侧翻，驾驶员当场死亡了。

秦冲是从联合军演指挥部下发的通报中得知这件事的，通报要求各参演部队认真做好各项安全检查，保证演习结束后部队回撤的安全。说实在的，秦冲没太把这件事放在心上。在秦冲看来这么大规模的军事演习，上天入地地动用那么多飞机坦克、武器弹药、车辆人员，不出事是侥幸，出事也属正常。所以秦冲只按惯例把通报精神传达了，让各分队按要求进行安全检查，这事在他这里就算过去了。

但很快，秦冲就发现这件事过不去了。

清晨，俄罗斯士兵一出来，秦冲就觉得哪地方不对劲儿，仔细看过才恍然大悟，原来是没光膀子。真新鲜，自从入住野营村以来，这些俄罗斯士兵还是第一次在早上出操的时间没光膀子。不仅没光，而且个个还穿戴得十分整齐。秦冲心想，看架势今天早上俄军是不准备出操了。

果然，秦冲见鲍里斯把部队带到了野营村的小广场上。小广场中间并排竖立着两根旗杆，上面分别悬挂着中俄两国的国旗。鲍里斯就在国旗下面整队，像是要搞什么仪式。秦冲的好奇心骤起，决定在一旁看个究竟。

只见鲍里斯在队伍前面讲了一番话，秦冲虽然听不懂，但看得出鲍里斯的神情很严肃，所有俄军官兵的神情都很严肃。讲完话之后，鲍里斯发出了一连串的口令，只见全体俄军官兵一起摘下了帽子，低头默哀。与此同时，旗杆上的那面俄罗斯国旗开始缓缓下降，直降到半旗的位置停了下来。

秦冲心头一震，原来俄军是在为演习中死去的中国军人举行哀悼仪式！

就像当年被鲍里斯当胸打了一拳一样，秦冲突然觉得心口发紧，好半天都喘不过气来。内心里沉睡了很久的一些东西似乎在这突然的重击下猛然惊醒了，用力地牵动着那些久已麻木了的神经，秦冲竟然感到了痛，而且是那种直抵内心的痛。秦冲依稀记起，自己已经很久都没有过这种真切的痛感了。

野营村里所有的中国军人，在那天的清晨过后都显得格外地沉闷。没有人去小广场，即使经过那里也尽量绕开中间的旗杆走，而且尽量不去看广场上空那两面一升一降的国旗。有一种暗暗的期待在军人们的心中蔓延，希望上面会通知我军也举行一个哀悼仪式。尽管过去从来没有过这样的哀悼，但过去与今天不同，因为过去军人们一直把这种情况叫作事故，今天他们才幡然醒悟这其实是牺牲，是与在战场上阵亡同样的一种牺牲。在心中同时蔓延开来的还有对降半旗的期待，军人们忽然觉得这很重要，在他国的国旗为我军的士兵降了半旗之后，他们希望我们的国旗也会为一个在演习中牺牲的士兵降下。

秦冲很清醒，他知道这两个期待一个都不可能实现。首先，在演习中举行哀悼仪式我军没有先例；其次，降半旗需按死者级别报请有关部门批准。但清醒归清醒，却并不妨碍秦冲的两个臂弯越来越瘙痒难忍。果然，一整天也没有得到一点关于这方面的消息。

晚饭前，秦冲再次提着那两瓶没送出去的酒去找鲍里斯。演习结束了，俄军明天就开始撤了，今晚他怎么也得跟鲍里斯单独喝上一顿，给鲍里斯送行。别说，今天请鲍里斯喝酒，秦冲还真有点心甘情愿的意思，秦冲特地在我军餐厅定了一个小单间，还点了几个记忆中鲍里斯爱吃的菜。

鲍里斯的精神头都在酒上，还没坐稳就开喝，没等动筷子呢两杯酒已经干进去了。还是那副讨便宜没够的德行，一点没长进。但今天秦冲愿意，喝多少都不吝，结果不大一会儿，鲍里斯就没形了。

鲍里斯举着酒杯说，秦，你和我喝一杯。

秦冲问，为什么？

鲍里斯说，不为什么，就是喝一杯。

秦冲说，不行，你得说出个道道，我不喝没名堂的酒。

鲍里斯问，什么是道道？

秦冲说，就是你说出喝这杯酒的道理。

鲍里斯想了想说，道理是我爱你，可以吗？

秦冲乐得不行，说，不可以，我又不是女人。

鲍里斯问，那怎么说？

秦冲说，对男人只能用喜欢、尊敬这类的词。

鲍里斯说，那就是我尊敬你。

老鲍，你搞错了吧，秦冲笑着指了指自己的肩章，又指了指鲍里斯的肩章说，我有什么可被尊敬的？

不，鲍里斯摇着头说，你是个好军人。

秦冲认真地看着鲍里斯，问，老鲍，你真是这么想的？

鲍里斯把手放在心的位置上说，是，你是好军人，从前到现在，都是。

好，秦冲说，就冲你这句话，我跟你连喝三杯！

喝完这三杯，鲍里斯突然问秦冲，秦，你看我是不是好军人？

秦冲迟疑了一下说，你让我想一想。你知道，我一直不喜欢你……

为什么？鲍里斯惊讶地问，我不知道。

这下倒轮上秦冲惊讶了，你不知道？

不知道，鲍里斯说，你等等，我知道了，是为了那次你和我打架？可那是你的问题，是你先动手打的我。

那我问你，那个兵，就是我交回给你的那个兵是不是死了？秦冲问。

鲍里斯点点头说，是。

秦冲一下子站了起来，逼视着鲍里斯问，他是怎么死的？

在车臣，我们去车臣参战的时候，鲍里斯耸了耸肩摊开手说，他运气不好。

秦冲一屁股跌坐在椅子上，半天没说话。

别难过，鲍里斯拍了拍秦冲的肩膀安慰说，他战斗很英勇，还被授予总统签发的“勇敢”勋章。

秦冲忽然觉得小房间里憋闷得要死，两个臂弯奇痒，便起身对鲍里斯说，老鲍，我们出去走走吧。

鲍里斯莫名其妙地看着秦冲，焦急地说，不不，我们喝酒……秦冲一把抓起酒瓶子塞到鲍里斯手里，说，走吧，咱们出去喝。

秦冲和鲍里斯两人一人拎着半瓶酒，穿过小广场，向野营村后面的小树林走去。

老鲍……秦冲刚张嘴，鲍里斯就把他制止了，秦，鲍里斯认真地问，你为什么总叫我老鲍？

秦冲一愣，说不为什么，中国人就这习惯。

鲍里斯摇了摇头说，不好。

秦冲问为什么不好，说叫老鲍是对你的尊重。

不不，鲍里斯说，我叫鲍里斯不叫老鲍，秦，你知道鲍里斯是什么意思吗？

什么意思？

为荣誉而战。

为荣誉而战，秦冲沉吟了一下说，老鲍，你这名字……

不是老鲍，是鲍里斯，鲍里斯坚持道。

秦冲笑了，说，好，鲍里斯，你这名字很军人，真不错。见鲍里斯高兴得咧开了嘴巴，秦冲不无醋意地点着鲍里斯的肩章说，为荣誉而战，鲍里斯，你下一步该升准将了吧？

不，鲍里斯说，这是我最后一次参加军事演习了，演习回去之后，我们部队就撤编了。

秦冲一愣，那你要离开部队了？

鲍里斯说，是的。

部队知道吗？秦冲问。

部队已经宣布过命令了，鲍里斯说。

你们是在宣布命令之后来参加演习的？秦冲问。

是的，鲍里斯说，因为是最后一次，所以大家都很努力。秦，鲍里斯问，我们部队的表现可以吗？

当然，秦冲充满敬意地对鲍里斯说，不是可以，是很好，是非常非常地好。

谢谢，秦！鲍里斯高兴地说，可你还没回答我，我是不是好军人？

你是好军人，鲍里斯，秦冲毫不迟疑地回答，从前到现在，都是！

小树林里凉风习习，果然清爽得很，秦冲觉得好受多了。两人坐在草地上，举起酒瓶子狠狠地撞了一下，咕咚咕咚地一口气连喝了好几口。

鲍里斯，秦冲问，你去车臣了？

两年，鲍里斯竖起两个指头说，在车臣打了两年仗。

我真羡慕你，秦冲说，当了这么多年兵，我还没上过战场呢。

鲍里斯看着秦冲说，秦，没上战场之前我也像你这样想。

秦冲有些意外地看了鲍里斯一眼，问，那现在呢？现在你怎么想？

现在？鲍里斯迟疑着把目光转向一边，忽然又狡黠地笑了，现在我想，应该让你去上战场。

秦冲审视着鲍里斯说，鲍里斯，你没说实话。

鲍里斯拍了拍秦冲的肩膀说，秦，说实话你是好军人，你们是好军队，上战场，没问题。

秦冲笑了笑，默默地用酒瓶子撞了一下鲍里斯的酒瓶子，两个人一起仰头对着瓶嘴又喝了几口。

小树林里看不到月亮，但有月光。月光被切成碎末洒在地上，洒出了满目的斑驳，眼前的一切就显得不那么清晰了。秦冲和鲍里斯抬眼向远处望去，远处天空中飘扬着的两国国旗，在月夜里却显得分外清晰。

秦，鲍里斯指着那两面一高一低的国旗问，这是为什么？

怎么说呢？秦冲想了想说，这么说吧，我在土耳其接受训练时有个体会，两个军队就像两个完全不同的家庭，各家有各家的生活方式，习惯了就只觉得自己的好，就算发觉了人家的好，也不会轻易就学，因为不习惯，还因为没有积累一时学不来。你能明白我说的意思吗？

不，鲍里斯说，我不明白。

原来我也不明白，秦冲说，后来到了土耳其才深有体会，等到学习回来以后，我想把从外面学到的东西移植到我们军队时，这种体会就更加深刻了。

鲍里斯说，我明白了，就是我们的腰带好，你们的腰带也好，但不可以换？

秦冲大笑，说胡扯，这哪儿跟哪儿呀？腰带有什么不能换的？

鲍里斯立刻跳将起来，大叫了一声，好，那我和你换腰带。

换就换，秦冲也跳了起来。其实秦冲一直希望能得到一条俄罗斯陆军腰带，只是没有机会。在边防部队当连长时他得在战士面前绷着，离开边防部队后就再没这种可能了。现在鲍里斯主动送上门了，他心里正巴不得呢！

秦冲抽下自己的腰带在手里掂了一下，腰带很打手，皮质厚实，卡头漂亮。要离手了，秦冲才发现这腰带真的很好，难怪俄罗斯兵红着眼到处寻摸着换呢。可自己为什么一直没觉出好呢？是因为自己的东西不新鲜，整天系在腰上没感觉，就把好给忽略掉了吗？

秦冲接过鲍里斯的腰带仔细地端详着。没错，正是他喜欢的那种俄罗斯陆军腰带，纯铜的卡头上面并排有两个钉，棕黄色的皮带条上也相应地打了两排孔，整条皮带都用明线轧出了规则的菱形图案。往腰上扎的时候，秦冲才觉出有些不方便，两个钉眼不是一下就能找准，皮质也显得过于粗硬了些。但这腰带系在身上真的很妥帖，很紧实，很有束缚感。

换完腰带，两人笑着看对方。

干了怎么样？秦冲举着酒瓶子问。

没问题！鲍里斯也举起酒瓶子回答。

为什么干呢？秦冲问。

为了……鲍里斯在腰上拍了拍说，为了腰带。

对，秦冲说，就为了腰带。

两个酒瓶子重重地撞在一起，撞出了一声清脆的响声。一仰头，两人把瓶里的酒全干了。

痛快，秦冲说，鲍里斯，我那里还有两瓶好酒，明天给你带上，回去……话音未落，就见鲍里斯站不住脚地开始往下出溜。秦冲赶紧伸手去拉，一把没拉住，竟和鲍里斯一起摔倒在地上了。

醉中的鲍里斯把秦冲抓得很紧，他们像当年打架似的在地上打起了滚，秦冲好不容易才把压在身上的鲍里斯掀掉，两个人就那样摊手摊脚地并排躺在草地上。

斑驳的月光从林间洒落下来，迷彩一样涂满了他们的全身。

借着月光，秦冲惊讶地发现，自己的胳膊平整光滑，神经性皮炎竟奇迹般地好了……

将军的部队

李　浩

我老了，现在已经足够老了，白内障正在逐渐地蒙住我的眼睛，我眼前的这些桌子、房子、树木，都在变成一团团的灰色的雾。眼前的这些，它们已在我的眼睛里逐渐地退了出去，我对它们的认识都必须依靠触摸来完成——有时我看见一只只蝴蝶在我的面前晃动、飞舞，它们就在我的眼前，可我伸出手去，它们却分别变成了另外的事物：它们是悬挂着的灯，一团棉花，一面小镜子，或者是垂在风里的树枝。

因为白内障，我把自己的生活处理得混乱不堪。几乎所有的物品都不在它们应该在的位置，水杯和暖水瓶在我的床上，拐杖则在床的右侧竖着，而饭勺，它应当在我的床对面的茶几上……我依靠自己在患白内障后手的习惯来安排它们，所以我房间里的排布肯定有些……有许多本来应该放在屋里的东西，因为我的手不习惯，它们就被挪到了屋外。就是这样，我的屋子里还不时会叮叮当当，我老了，自己刚刚放下的东西马上就可能遗忘。我说我的生活处理得混乱不堪还有其他的意思，现在就不提它了，好在，这种混乱随着我走出屋去而有所改变，我离开了它们，我就不再去想它们了，我觉得自己还有许多的事情可想。

我坐在屋檐下。

我坐着的姿势有点像眺望。

是的，我是在眺望，别看我看不清眼前的东西了，可旧日的那些人和事却越来越清晰，我能看清三十年前某个人脸上的每一条皱纹，我能看清四十年前我曾用过的那张桌子上被蜡烛烧焦的黑黑的痕迹。我坐在蜡烛的旁边打瞌睡，蜡烛慢慢地烧到了尽头，可我一无所知。我甚至没有闻到桌子烧着后焦糊的气味。

我坐在屋檐下。

我坐在屋檐下，低着头，低上一会儿，然后就向一个很远的远处眺望。当然，白内障已不可能让我望见远处的什么了，我做这样的姿势却从来都显得非常认真。我的这个动作是模仿一个人的，一个去世多年的将军的，这种模仿根本是无意的，直到三个月前我才突然发觉，我的这个动作和将军是那么地相像。

我越来越多地想到他了。

想到他，我感觉脚下的土地，悄悄晃动一下，然后空气穿过了我，我不见了，我回到了将军的身边，我重新成为了干休所里那个二十一岁的勤务员。

想到他，我的患有白内障的双眼就不自觉地灌满了泪水。我已经足够老了，我知道我的时间已经不多了，我能听到死神在我身边有些笨拙和粗重地喘息。我没什么可惧怕的，更多地我把它当作自己的亲人，一个伴儿，想起了什么人、什么事，就跟它说说。想起将军的时候，我就跟它谈我们的将军，谈将军的部队。别看它是死神，它也不可能比我知道得更多。

将军的部队装在两个巨大的木箱里。向昔日进行眺望的时候，我再次看见了那两个木箱上面已经斑驳的绿漆、生锈的锁，闻到了生锈的气味和木质的淡淡的霉味。

对住在干休所里，已经离休的将军来说，每日把箱子从房间里搬出来，打开，然后把刻着名字的一块块木牌从箱子里拿出来，傍晚时再把这些木牌一块块放进去，这就是生活的核心，全部的核心。直到他去世，这项工作从未间断。

那些原本白色的，现在已成为暗灰色的木牌就是将军的部队。直到现在，我仍然无法说清这些木牌的来历。我跟身边的伴儿说的时候，它只给了我粗重的喘息，并未做任何的回答。我跟它说，我猜测这些木牌上的名字也许是当年跟随将军南征北战的那些阵亡将士的名字吧，我的猜测是有道理的。可后来，我在整理这些木牌的时候，却发现，上面有的写着“白马”“黑花马”“手枪”，而有一些木牌是无字的，很不规则地画了一些“○”。也许，将军根本不知道那些阵亡战士的名字。

我用这种眺望的姿势，望见在槐树底下的将军打开了箱子上的锁。他非常缓慢地把其中的一块木牌拿出来，看上一会儿，摸了摸，然后放在自己的脚下。一块块木牌排了出去。它们排出了槐树的树荫，排到了阳光的下面，几乎排满了整个院子。那些木牌大约有上千块吧，把它们全部摆开可得花些时间。将军把两个木箱的木牌全部摆完之后，就站起身来，晃晃自己的脖子、胳膊、腰和腿，然后走到这支部队的前面。

阳光透过树叶的阴影使将军的脸有些斑驳，有些沧桑。站在这支部队的前面，将军一块块、一排排地看过去，然后把目光伸向远处——我仍然坚持我当年的那种印象。将军只有站在这支部队前面的时候才像一个将军，其他的时候，他只能算是一个老人，有些和善、有些孤独的老人。将军从他的部队前面走过去，他就又变成一个老人了，将军变成一个老人首先是从他的腰开始的。他的腰略略地弯下去，然后坐在屋檐下的一把椅子上，向远处眺望。他可以把这种眺望的姿势保持整整一个上午或一个下午，我不知道他在想什么。现在我也老了，我也学会了这种眺望的姿势，可我依然猜不透将军用一天天的时间来想些什么。可能是白内障的缘故，我眺望的时间总不能那么长久，而我有时可以什么都不想，只是坐着，呆着，用模糊的眼睛去看。我想将军肯定和我不一样，他经历了那么多的战斗，那么多的生生死死，他肯定是有所想的。

我老了。尽管我不明白将军在向远处眺望时想的是什么，但我明白了将军的那些自言自语。他根本不是自言自语，绝对不是！他是在跟身边的伴儿说话，跟自己想到的那个人，或者那些人说话，跟过去说话。就像我有时和将军、和我死去的老伴、和死神说话一样。当年和将军我可不是这样说话的，尽管他对我非常和蔼，可我总是有些拘束，和他说话的时候很小心。现在，我觉得他就像一个多年的朋友，我和他都是一样老的老人了。

帮将军把两个木箱搬出来，我就退到某一处，余下的是将军自己的事了。将军摆弄他的那些木牌的时候，我就开始胡思乱想。这种胡思乱想能让时间加快一些。在没有胡思乱想时，我就用根竹棍逗逗路过的虫子和蚂蚁，或者看一只蝉怎样通过它的声音使自己从稠密的树叶中显现出来。将军的那种自言自语一片一片地传入我耳朵，其中，因为胡思乱想或别的什么，不知自己丢掉了其中的多少片。我所听到的那一片一片的自言自语，它们都是散开的，也没有任何的联系。

将军说，你去吧。

将军说，我记得你，我记得你的手被冻成了紫色。是左手吧？

将军说，你这小鬼，可得听话呀。

将军说，我不是叫你下来吗？

将军说，马也该喂了。

将军说……

在我回忆的时候，在我采用眺望的姿势向过去眺望的时候，我没能记住将军说这些话时的表情，但记下了他的声音。他的声音会很突然地响起来，然后又同样突然地消失。我常在他的声音里不自觉地颤一下，突然地放下我的胡思乱想和手中的竹棍，我不明白这是因为什么。

有两次将军指着木牌上的名字问我，赵，你知道吗？王呢？你清楚刘的情况吗？……我只得老实地回答：我不知道，将军。

哟。将军有些恍然和茫然的样子。那两次问话之后我都能明显地觉察出将军的衰老。看我这记性。将军一边望着他所说过的名字一边摇头：人真是老了。我怎么也记不起他们来。可我总觉得还挺熟的。真是老了。

他用手使劲儿地按着眼角上的两道皱纹。

有时将军也和我聊一些和他这支部队相关的陈年旧事，他选取的不是战争而是一些非常微小的细节。譬如某某爱吹笛子，吹得很好，有点行云流水的意思，只要不打仗，停下来休息的时候他就吹。后来在一次战斗中他的右手被炸掉了，笛子也丢了，他很长时间都不吃不喝，闷闷不乐。他被送往后方医院，两个月后将军又偶然见到了他，他正在吹笛子，因为没有右手的帮助，他的笛子吹得很不成调。他对将军说，笛子就是原来的笛子，他用了三天的时间才把它找回来。譬如一个战士特别能睡，打完一场战斗，将军一发出休息的命令，即使他站着也会马上鼾声如雷。他的脚还特别臭。将军说：我原本想让他当我的警卫员，可我受不了他的臭脚。说到这里时将军的声音很细，并且有种笑意。他笑得有些诡秘，他笑起来的样子让他年轻了很多。当时我是想对将军这么说的，我有点冲动——可最终我却没有把它说出来。现在想起来我是应该说的，我在向旧日的时光眺望中望到这一细节的时候，我就跟他说了。将军愣了愣，然后粗犷地笑起来：你这小鬼。我不是小鬼了，我已经老了。

将军还跟我说过逗蛐蛐、抓毒蛇、吃草根一类的小事，说过某某和某某的一点琐事，他很少跟我谈什么战争。我不知道他为什么不谈。要知道将军一生戎马经历了无数次大大小小的战斗，要知道将军在这无数次的战斗中很少失败，要知道他现在指挥的这支木牌上的部队，很可能是在战争中牺牲的将士啊！

在将军去世之后我搜集了不少和将军有关的资料，只要是哪本书上提到将军的名字，我就毫不犹豫地把它买下来。原本我还想把将军的两个木箱也留下来的，后来我想将军比我更需要这支部队。那些木牌，燃烧的木牌，在将军的墓前变成了一缕缕的烟。它们升腾的样子就像一支远征的部队，我甚至听见了人喊马嘶，听见脚踩在泥泞中的声音、子弹穿过身体的声音。将军会把他的部队带向哪里呢？他重新见到自己的这支部队时，又会是怎样的一副表情？

…………

我悄悄地留下了两块木牌，那是两块没有写字的木牌，上面画的是“○”。原来我留下的木牌是三块，那一块木牌上写的是“白马”。对我这样一个从农村出来的孩子来说，白马让我感到亲切。不过后来我把白马给将军送了过去，我看见那匹白马从浓烟中站起来，回头望了一眼，似乎还有一声嘶鸣，然后甩下一路嗒嗒的马蹄声绝尘而去。白马是属于将军的。

在我的眼睛被白内障蒙住之前，我时常会翻翻我所留存的资料，找出那两块木牌。那些书上或详尽或简略地描述了将军一生的事迹，在那些书上，列出的是战争的残酷，将军作战的英勇和谋略，以及在艰苦生活中将军所表现的种种美德。书上没有将军和我所讲的那些人和事。说实话，书上面的将军总是让我无法和我所接触的将军联系在一起，我总觉得，他们不是一个人，至少不完全是。我所知道的将军是一个离休的老人，有些古怪，但几乎完全没有什么英勇和谋略。这也许是时间所消磨掉的吧。时间要想改变什么东西是非常容易的，就像我从二十一岁走向了现在的衰老。

如果下雨、下雪，外面的天气过热或者过于寒冷，将军就会叫我在他的书房里把木箱打开，他把那些木牌一块块拿出来，从某个墙角排到书桌上，然后又排到椅子上，再放在地上。两箱子的木牌摆完，将军就把自己摆出了书房，那些密密麻麻的木牌在房间里那么排着，它们带有一种让人不敢呼吸的肃穆。将军在摆完后站起身来，晃晃自己的脖子、胳膊、腰和腿，走到这支部队的前面看上一会儿，随后就是叫我搬来椅子，坐下来，把目光伸向窗外。他所看的绝对不是窗外的树枝、雨打在树枝上的颤动或者树枝上沉沉的雾。不是。现在我也老了，我也有了这种眺望的习惯，我已经明白将军是在眺望过去的岁月。就像我现在，透过我患白内障的双眼，清晰地看见将军在那把红褐色的椅子上侧坐着，他的眼睛紧紧地盯着窗棂。只是窗棂。空气中有股潮潮的气味。有一些灰白色的光。昏暗如同一层层潮水，漫过了将军和他的椅子，向着书房的方向漫去。书房的门敞开着，里面的光线昏暗，那些或高或低的木牌在昏暗中静静地待着，一言不发。

对于将军的那些木牌名字的来历，我曾经做过调查，当然这种调查是随意的，我只是偶然地向有关的人提及，他们对我的问题都只能是摇头。似乎没人曾向将军提供过什么阵亡将士的名单，至少将军离休后没有。

那么木牌上的名字是如何得来的呢？它们是在什么时间成为了木牌，装满了整整的两个木箱？……

倒是干休所的王参谋向我提供了一个细节。他说他见过一次将军发火，那时我还没有来到干休所。他看见将军紧紧抓住一块木牌，对着它大声说，你就是再活一次，我还得毙了你！当时王参谋吓得大气都不敢出。将军把那块木牌扔出了很远，木牌划过地板时发出了一阵很脆的声响。过了很久，将军突然对王参谋说，你把木牌给我捡回来。将军接过了木牌，用手擦了擦上面的尘土，然后小心地把它放回了那些木牌之间。王参谋说他记不太清了，他记得好像他把木牌递到将军手上时，将军的眼红红的。

对于将军的晚年，对于他每日里摆放的这支部队，在我搜集的资料中，没有记载。曾有一个宣传干事向我了解过将军的晚年，我向他叙述了将军在晚年显得怪异的种种举动，尤其向他讲了将军每日如何摆放他的部队。——他是不是怀念自己的戎马生涯？是不是想继续战斗，消灭敌人？

我用很长的时间来思考如何回答。不，好像都不是，将军在晚年基本上没想到战争，他好像只是，只是……怎么说呢？他好像就是把木牌摆出来，想一想过去的事，就这样。就是这样。

那个干事对我的回答很失望。他说：我该怎样来写这件事？你想想还有没有别的？

人一老就爱回忆过去的事，就爱胡思乱想。其实我年轻的时候就爱胡思乱想，老了，没什么事了，就更爱胡思乱想了。我坐在屋檐下，低着头低上一会儿就抬起来，向远处眺望。当然，白内障已经不可能让我望见远处的什么了，可我把这个姿势却做得异常认真。我越来越多地想到将军，我觉得他的某些部分正在我身体内得到复活，有时候，一个生命是会成为另一个生命的，可我毕竟老了。

我在自己的晚年想通了将军当年的很多事，但也有不少，我可能一生都不会理解的，直到我死去。我想到了死。我不知道我的死亡会在一个什么样的时间，会死在一个什么样的环境中，但我对死亡多少是有点期盼的。我时常想我的死亡肯定会是在一个窗外下着小雨的早晨，就像将军死时的那样。我越来越像他了。

经过近两天的昏迷，将军在那个窗外下着小雨的早晨醒来了。他对医院里的一切都好像有些陌生，甚至是恐惧，他紧紧地抓住我的手。他的手在颤，他的手很烫。——你是叫某某吧？我不知道他叫出的是不是他的那支部队中的一个名字。我犹豫了一下，我说不是。那么你是某某？我再次对将军说，不是，我是您的勤务员，我叫某某。

他放开了我的手。他的脸侧向了一边。他手上的力气一点点地消失了。

你帮我，把箱子，箱子，拿来。

在将军的面前我打开了他的那两个箱子，在他昏迷的时候我早已把箱子给拉到医院里来了，我知道将军少不了它们。我把那些木牌依次摆开。将军欠了欠身子，他望着那些原本白色，现在已变成暗灰色的木牌，突然淡淡地笑了：

哈，看你这小鬼，真是，真是……

将军的手伸得相当缓慢。他的手指向了排在地上、茶几上的木牌，但我未能看清他手指确切的指向。现在我想，在一个人最后的时间里，他指向了谁，他想到的是谁都不重要了。

将军带着那种淡淡的笑意，走了。

在屋檐下静静地坐着，我听见蜜蜂采蜜时的嗡嗡声，我听见又一树槐花劈开花蕾长出小花来时的声音，我听见阳光的热从树上落下时的声音，我还听见了许多我没有听过的声音，可能我听过，只是我忽略了它们，我记不起是什么东西可以发出这样的声音了。不一会儿，我就不再想它们了。我越过它们，向一个远处眺望。

我的手指，抚摸着我一直收藏的那两块木牌。在我混乱的生活里它们的位置却一直都没变过。而现在，我抚摸着它们，感觉它们变小了，但比以前更重了。

我的一九四九

吴昕孺

我暂时住在大表哥家屋顶的阁楼上。那条街道叫八角亭，离印刷厂不远，但拐的弯特别多，我走了一个星期才把那些弯完全记熟。现在已经过去三个月了，那些弯在我眼里全都不存在了。我是刚过完春节，随大表哥来到省城长沙的。我爸人到中年才有了我这个独子，平时宠着、娇着，任我海阔天空，直到我十七岁这年长得人模人样却一事无成，就成了他的一块心病。

大表哥三十出头，从我记事起，他就是家里的一个客人。他和大表嫂都在长沙的一所中学教书，因为两个年幼的孩子放在乡下，一年总要回老家几次。我爸便把我托付给了他们。我没想到大表哥会一口应承把我带到城里来，平时我最怕他，但内心里并不疏远他，他是我最佩服的人，因为他在城里，而且教书。大表哥时常把那所学校的名字挂在嘴上，我却总是记不得。有一次，我毫不知羞地再次说错了那所学校的名字，大表哥气愤地扇了我一耳光，从此我竟奇迹般地记住了。那所学校叫雅礼。真拗口。

我承认，我不是读书的料。为此，大表哥对我很不满意，他说我聪明却不会读书，很奇怪。我倒是觉得没什么奇怪，不会读书就像有些人不会做饭、有些人不会砌屋一样，我总有我自己会做的。大表哥安排我在浏城桥附近一家印刷厂做检字工。

我一直想来城里，乡下太空了，本来鸟雀成群还好，但被我一把弹弓三下五除二，没被消灭的也被赶跑了。我一天到晚擎着弹弓，找不到鸟，心里空荡荡的，没个着落。

城里多好，房子挨着房子，没多少空地。虽然房子长得太像，不好找，但门上都标着街道和号码，也不容易找错。比如，大表哥家是八角亭六十四号，有人来找大表哥就不会走到六十五或者六十三号去。不过，到了六十四号还不完全就到了大表哥家，因为六十四号是一个庭院，一楼有天井、厅堂和三间房，却分属两家，其中的一家只有一个看不出年纪的老婆婆，另一家老少四口挤在一起。从厅堂右侧狭窄的楼梯上到二楼，便是大表哥和大表嫂住的地方，有一间卧房、一间小厨房和一个小客厅。小客厅左边，还有几级更窄的楼梯，我侧着身子才能爬上屋顶的阁楼。城里唯一不如乡下的地方是没有鸟，我悄悄带在身上的弹弓毫无用武之地，只好束之高阁。

大表哥家的阁楼酷似一个鸽子笼，可能与其他鸽子笼不同的是，它只关着一只鸽子。但我一点也不反感这只仅可容身的笼子，相反，我在这里感到从未有过的舒适与自由。从阁楼那扇巴掌大的窗户，可以望见城南的大部分区域，特别是天心阁，一到晚上就亮着两盏灯，仿佛瞪大两只眼睛盯着我，怀疑我是这座城市新来的密探。我往往也久久地盯着它，似乎要看穿它的五脏六腑，却从来没有成功过。我与天心阁，甚至与这整座城市，就这样产生了一种奇妙的亲密而又敌对的关系。

白天，我在一个比阁楼大得多的地方工作，却远比在这里拘谨。从早晨到傍晚，我都被关在印刷厂二楼北边顶头那间昏黑的检字房里。我从没见过那么黑的房子，黑得连电灯都亮不起来。电灯其实整天开着，在屋子中间发出拳头大小的、毛茸茸的、黄黄的光，只够照亮它自己。那只灯泡穿着蛛丝织成的衣服，像一只浑身长满黑斑、快要腐烂的鸭梨。

检字房并不小，看上去是由两间房打通而成，里面摆满了一排又一排铅字字模。中国的字真多啊。我师傅说，还有些字这里面没有，得重新造。师傅姓柳，所有人都毕恭毕敬地叫他柳师傅，当然我们一天也看不到几个人。他的一颗门牙没了，就那样缺着，露出一个显得滑稽的小洞，讲话的时候轻声细语，吹出来的都是他刚吸的烟味。他天天穿着那件青布衣服，天天系着那条围裙，胳膊上天天套着两只罩袖，但他一点也不显得脏，他的身上反而散发出一种厚重、笨拙而又异常耀眼的光亮，比那个吊着的灯泡还亮。我觉得，他不是靠头上的灯泡，而是靠他自己照亮自己。

师傅除了教我检字，从无多话，他看上去比大表哥还严肃，但我不像怕大表哥那样怕他，毕竟他有很大年纪了，而且又矮又瘦，他对任何人都构不成威胁。但他是个十足的怪人，他仿佛一天到晚、一年四季都生活在这个检字房里，每天我到检字房的时候他必定在那里了，无论我多晚离开，他仍然在那里。有天傍晚，我忍不住说，师傅，你早点回家吧。他看了我一眼，那眼神好像他不认识我似的。柳师傅检字可真是一把好手。一篇千字文章，他拿在手里，斜着身子，眯起眼睛看一遍，然后往那张比他还显老的书桌上一扔，只见他嘴里念念有词，忽东忽西，上冲下跳，前后有据，左右逢源，敏如猿猴，轻若灵猫。有时速度极快，昏暗之中，仿佛屋子里各个角落的隐形人，在将一件衣服不停地抛来抛去。不到十分钟，那篇文章便躺在印版上，几无差错。

我怯怯地对师傅说，我识字不多。师傅和蔼地答道，检字房识字不像读书识字，不急于知音懂义，先记住字形即可。他告诉我，独体字在哪个区域，合体字在哪个区域，上下结构的在哪里，左右结构的在哪里，内外结构的在哪里……我问，这么多字，怎么知道哪个字在哪个地方呢？师傅说，任何字都有自己的结构，同一结构的字都在同一位置，大位置中再找小位置，比如“刺”字，它是合体字、左右结构、立刀偏旁，这一大块都是合体字，左右结构的在这边，立刀偏旁的有两架，“刺”字八画，应该在这个位置。这个字我检过十万次以上，因此，随手能把它拈出来。师傅话没说完，“刺”字就躺在了他的手掌心。

我再问，您嘴里念些什么？师傅说，那是喊字，招魂，把那个字喊出来。我吃惊，字能喊出来？师傅说，你跟它们熟了，它们有时躲到你找不到的地方，你一喊，它们就会出来。越说越玄，我半信半疑，不过师傅这番话勾起了我对检字的兴趣，这么多字，能信手拈来，你想想，那是什么功夫！我渐渐不那么抵触这间黑房子和这个糟老头了，这里似乎产生了一种魔力，能把十七岁的我，约束在浓烈如乌云滚滚的铅味、烟味、霉味与油墨气息里。

然而，师傅对我的工作没有任何要求，只要我不出检字房，我一天检百十个字都可以，他也没当我在他身边，继续像件衣服被隐形人抛来抛去。我有时故意在他前面挡着，他看都不看，一晃就过去了，仿佛是从我身体里钻过去的。连我自己都没想到，我竟越来越喜欢这项工作。我上学识字时全然不觉得字的可爱，到了检字房里，我和字很快熟稔起来，有些字我甚至也能喊出来。我和它们成了朋友，也许是我在城里没有其他朋友的缘故吧。师傅不管我的时候，我就尽情地和字玩，把它们一个个请出来、喊出来，组成一个个段落、一篇篇文章。

四月，安静的城市风声四起。街头巷尾，人们纷纷传说解放军已经将长沙围得水泄不通，陈明仁将军的部队在营盘街、兴汉门天天练兵。学生开始大规模游行，那个场面让我震惊。如果不是游行，我真不知道长沙城里还藏着这么多人。他们像泉水一样，从地底汩汩冒出来，形成一股股愤怒的洪流，冲击到城市的每一个角落。几万人排着整齐的队伍，一齐挥拳头，一齐喊口号，一齐踏步走，到底发生了什么事？我认真读着他们举起的每一条横幅："停止征兵征粮！""打倒假和平，争取真和平！""严惩'四一'惨案凶手！"……街坊说，南京那边杀了好多人，作孽！我的脑子里闪过横幅上每个字在检字房的位置："停"在二区十排四格左数三十八，"止"在一区一排三格左数二十五……忽然，扛着枪的警察一队队跑过来，围住学生，学生与警察扭打起来，我赶忙回到大表哥家。

吃晚饭时，我问大表哥，"解放"是什么意思？大表哥目光柔和地看着我，笑着说，你不懂，好好做事。他从没如此亲切过。我想，解放一定是件大事，不然不会让大表哥这么高兴。于是，我再问，解放是不是就是不杀人啦？大表哥笑得更厉害了，然后用力地点点头。他笑起来很俊朗，不晓得他自己知道不，大表嫂肯定是知道的，因为她非常爱他。

第二天上午，我正在检字，柳师傅捏住我的胳膊，他使了很大的劲。他捉着我的手，将一个用纸折成的鸽子放在我的手掌里。他说，你把这只纸鸽送到浏正街九十九号一楼一〇七室，如果有人问你，你就说“我找张姐”，不要多说话，快去快回。切记，除了张姐，纸鸽不要给任何人。张姐个头和你差不多，穿蓝色旗袍，烫着波浪卷发，你一看见就知道了。

师傅第一次和我说检字之外的话，把我也弄得严肃紧张起来。我学大表哥的样子，用力地点点头，拔腿就走。

不到二十分钟我就走到了浏正街，但走到九十九号又花了十多分钟，因为我走到九十六号时，前面的房子没有门牌了。一模一样的房子向前延伸，却看不见门牌，而且门大多关着，行人骤然减少，为数不多的几个人，戴着礼帽或墨镜，行色匆匆，转眼便消失了。我有些害怕，慌忙回到九十六号之前，仿佛从地狱折回了人间。我问坐在街边抽水烟袋的一个艺人，九十九号怎么走？他闭上眼睛，朝里指指。

我说，可是那些房子都没有门牌啊。这时，从屋子里走出来一个只有一条腿的年轻人，他拄着一根拐杖，手猛地一指，大声说，那边都是九十九号！我说，那九十七、九十八号到哪里去了呢？他生气地看着我，凶巴巴地反问，你到底是找九十七、九十八号，还是找九十九号？说着，他的拐杖在地上顿了两下，我担心他上来打我，赶紧告辞，继续向那些没有门牌的房子走去。

走了约摸一百多米，我看见统统排列着两层房子的街道上，巍然矗立着一栋庞大的四层楼房。楼房用高高的砖墙围着，墙头密密麻麻布满了玻璃尖和铁丝网，像我们乡下田埂上栽种的花生黄豆。围墙东面、不靠大街的位置有一扇虚掩的铁门，门边用黑色毛笔歪歪扭扭地写着：长沙警备司令部宿舍。下面是一行小点的字：浏正街九十九号。

这时，一个闷雷般的声音从天而降：“找谁？”我身子转了一圈，没看到问话的人，但门前只站着我一个人，我想肯定是问我的。“我找张姐。”我说。半天没有回应。“我找张姐。”我又说了一遍。“进去吧。”那个声音缓和下来。我麻着头皮进了铁门，低着头一个劲往里走。进了那栋楼，发现比我和师傅的检字房亮堂多了，但不知怎地，总感到一股阴森肃杀之气，像有无数双眼睛在盯着你，让人心里发瘆。与这个比起来，天心阁那双小眼睛真算是小儿科了。

一〇七室不难找，门上还倒贴着一个“福”字，右边被撕去了一角。我刚一敲门，门就被迫不及待地打开了。

开门的是张姐，果然我一看就知道，虽说我从没见过她。她个头和我差不多，穿着蓝色旗袍，头发烫得波翻浪涌。“你来了。”看上去她一直在等我。“我师傅叫我来，把这个给你。”我从袖筒里将那个纸鸽递给她，由于攥得太紧，它变了形，像一只受伤的鸽子。

张姐指着一张木椅让我坐，问我喝水不。我说不用。她徐徐坐在我斜对面的沙发上。她的手指修长，一只鸽子从她优雅的指间飞走，只剩下那张打开的纸，她专注地看了起来。她转过身子去旁边的一张桌子上拿笔，旗袍的下摆张开，露出整个雪白的大腿侧面。她是我见过的最好看的女人。张姐用笔在那张纸上写了一行字，再按原来的折痕把它重新变成一只纸鸽。“请交给柳师傅。”我将它拢回袖筒里，正欲出门，她叫住我，递给我一个梨，笑着说：“你干得好。”我在路上吃了那个梨，回到检字房，再把纸鸽交给师傅。师傅接过去，随意地塞到口袋里。我忍不住问：“师傅，你怎么认识张姐的？”师傅张开没有门牙的嘴，说了一句什么，我压根儿没听清，又不好意思再问。

师傅每隔三五天就让我去一趟张姐那里送纸鸽。我像喜欢检字一样喜欢上了这个差事。浏正街那些没有门牌的房子再也吓不住我，相反，我每次到了那里就像见到老朋友，连那围墙上的玻璃尖和铁丝网都成了我熟悉而且能产生亲切感的事物。张姐并不和我多说话，但她每次都会给我一个梨或一把枣。

当我送到第五次时，我的心态不觉起了变化。我开始躲到个隐僻处，模仿张姐的样子，打开那只纸鸽。让我大失所望的是，那上面根本没有字，只有一两行鬼都看不懂的符号，张姐加在上面的也是那样的符号，有时配上一张小图，画得极为潦草。连续看了三次，都是这种玩意儿，真没劲，如果不是师傅和张姐叫我做这事，换了别人，哪怕是大表哥，我可能都会将这只纸鸽扔到护城河里去。但现在我没有那么傻，因为纸鸽是我去见张姐的通行证。每次偷看完，我还是学张姐的样子，用自以为灵巧的手，按纸上的折痕将它还原成一只纸鸽子。

当我第四次打开纸鸽之后，脸上霎时烧得通红，一颗心像要从胸腔里蹦出来，简直是无地自容啊。那是我从警备司令部宿舍一楼一〇七室出来，我先将张姐递给我的梨吃完，将梨核扔到护城河里，我像往常那样，溜到河边一座假山后面，打开纸鸽，上面赫然写着一行字："此人可靠，但他打开看过。"

第二天上午，师傅叫我继续送纸鸽，我不愿去。师傅张开没有门牙的嘴，压着嗓门说："小子，你在做一件重大的事，张姐只信任你，快去快回。"我又去了，当然没有再打开纸鸽。张姐那天给了我一个特大的梨。我没有吃，走出门，我就把上衣脱下来包着那个梨，直到下班后带回大表哥家的阁楼。

我躺在几块楼板改造而成的小床上，抚摸着那个梨。它金黄的皮上点缀着繁星般的麻点，一股异样的馨香弥漫阁楼。

半夜起来想解手。我下了阁楼，蹑手蹑脚地来到客厅，只见卧室里隐隐约约有光闪烁，还传来说话声——虽然压低了嗓门，但声音仍然清晰。

我摸到卧室门口，从门缝望进去，只见里面没开电灯，而是点了一支蜡烛。围着那支蜡烛，坐了六个人，加上坐在床上的大表嫂，一共七个人。其中竟然有师傅！他坐在大表哥对面！其余人我都不认识。大表哥在说话："……张姐被捕对我们是个很大的教训。大家想想，将电台建在警备司令部宿舍，我们以为敌人想不到，但他们想到了。不仅想到了，而且行动比我们快。我们总是派同一个人去送信，虽然这个人可靠，但还是被敌人瞧出了破绽。"

大表哥旁边站起来一个戴眼镜的瘦高个，他站起来好像只是要让在外面窥探的我了解一下他的身高，然后仍旧坐下来说话。他个子高，可能舌头也长，一讲话就必须把舌头卷起来，声音怪怪的，却很好听："周昌说得对。到了这个时候，我们要比敌人更快、更准、更狠。长沙和平解放的时机日益成熟，程潜主席和陈明仁将军都有明确表态，但警备司令部顽固不化，是最大的阻力。刘志辉这个人心狠手辣，他抓了张姐，摧毁我们的地下电台，肯定还会有对我们不利的举措。为了实现长沙的和平解放，我们请大家来，商议刺杀刘志辉的可行性。"

大表哥接过瘦高个的话说："行刺刘志辉，为和平解放扫除最后障碍！"

"但要是行刺未遂，他们为了报复，很可能会立即杀了张姐。"

是师傅，他轻声细语地插了一句。

瘦高个再次站起来，这次没有再坐下去，他弯着腰，很激动，像要把师傅一口吃掉："谁也不肯叫不远的太阳照着自己也照着敌人。当前的磨难就是你的对手，用尽气力去和它战斗！"

大表哥扯下瘦高个，自己站起来说："张姐处境的确危险，但不行刺，她同样会被杀害；如果行刺成功，她有可能得救。行刺刘志辉，有两个可靠情报，一是他几乎每晚都要去大观园的'夜来香'夜总会，时间大约是晚上十一点到凌晨两点；二是明天上午十点，刘志辉要去三汉矶机场接南京来的军政要员，我们可在路上采取行动。是否行刺我们无须再讨论，现在主要看选择哪个方案。"

"如果刘志辉每晚必去'夜来香'，那里的戒备应该会松一些……"又是师傅的声音。

"不见得。据说'夜来香'一天二十四小时都有警察值班，还有不少密探和暗哨。那个时候刘志辉最放松，他的马仔和狗腿子必然最警惕！"瘦高个好像是来专门跟师傅作对的，我讨厌这个人。

"陈觉讲得有道理。而且，'夜来香'在闹市区，打起来容易伤及无辜。去三汉矶机场要路过黑麋峰，那里草深林茂，我们可在山脚设伏，向山上撤离……"

这时，大表嫂朝门口走来，我急忙往阁楼上跑，跑上来才发觉尿胀得不行，不敢再去客厅，只好背靠阁楼不管三七二十一往下面撒。好在夜深了，楼下没什么反应。

阳光穿过阁楼的小窗户，钻进我的腋窝挠痒痒，把我弄醒了。外面一片清亮，偶尔传来几声鸟叫，却无法惊醒沉睡的弹弓。大表哥、大表嫂都不在家，客厅桌上放着为我留的包子和豆浆，他们经常这样，早出晚归，但总把我的生活安排得妥妥帖帖。今天的包子难以下咽，可能是凉了，一大团熟面粉哽在喉咙里，我把一杯豆浆喝完才咽了下去，咽下去以后又在肠胃里翻江倒海地打滚。

我正要出门，听到一楼那户人家的父亲在教训他的儿子："这可不是混着好玩，这是生活！"他家儿子比我大两岁，是个弱智。我一头扎进阳光中，作为对它挠我痒痒的报复，不料阳光像蜜蜂一样黏过来，我全身成了一个嗡嗡直叫的蜂窝。我听外婆说过，阳光像蜜蜂样嗡嗡地盯着你直叫，这样的天气变数大。

我到了检字房，师傅破天荒不在，门上挂着一把铜锁。三个多月前，师傅交给我一把这把铜锁的钥匙，我每天随身带着，今天才第一次用到它。

检字房的双合门"吱呀"一声被我推开，我忽然对它无比陌生，仿佛从没来过这里。它是那么黑暗而潮湿，房间里堆积着难以忍受的混杂味道，硕大的老鼠在模架和书桌间悠然踱步。我幡然意识到师傅的重要！没有他身上那种厚重、笨拙、异常耀眼的光亮，检字房形同地狱。我又把门锁上，在外面瞎逛。

我往东过浏城桥，沿着护城河向北走，便到了长沙有名的大观园。大观园北部是沿河而建的低矮建筑，还有不少木板搭建的临时棚屋。屋下成群的女子，不同的年龄、高矮、胖瘦，却几乎同一装束、同一表情、同一姿态，她们干的也是同一种工作。平时，大表哥不准我往这边来，其实来看看也没什么，她们朝我挤眉弄眼扬头招手，我不理她们就是。

穿过一条长长窄窄、弯弯曲曲的巷子，来到凤凰台，这里是大观园的南部，处处红灯高挂，丝竹不绝，女孩子的气质、装束打扮和北部的迥然两样。很容易就看到“夜来香”，它太打眼了，一栋古色古香的三层楼房，外表看上去像个很大的亭子。它不和其他任何房屋搭界，周围有小桥流水，有假山竹林，更多的是树——桂树、枫树、枣树，还有更为高大古老的樟树，有的一棵树就像一座林子。我呆呆地望着，想象自己蹲伏于某个树旮旯里，就像一只鸟隐没在枝叶间。“夜来香”外面倒是没有四处招徕的人，安静中凸显出一股傲气。门楣上挂着四个硕大的红色灯笼，炫耀着它在此间的特殊地位。

走出凤凰台，我有点累也有点饿了，想回大表哥家找点吃的。刚走到八角亭街口，一个人拽着我的胳膊，拐进旁边一家米粉店。我莫名其妙地被她按到一张板凳上，这时才看清是大表嫂。她戴着一顶帽子，又不像是遮阳，大热天的，身上裹得严严实实。她扯着我的耳朵，低声说：“你大表哥和柳师傅他们出事了。大表嫂要出城，你赶紧去阁楼上拿着自己的衣物回乡下，不要跟家里人说城里的事。过了风头我们会回来的。”

大表嫂用自己的手捂着我的手心，随即像阳光一样消失了，天沉沉地暗下来。我回到阁楼，解开大表嫂最后捂在我手心的那块打着结的手帕，里面是六块银元。我把银元藏进内衣口袋，拿着自己的衣物和那把一次也没用过的弹弓下了楼。行李比来的时候要重，里面多了一个特大的梨。

一楼，那户人家的父亲还在教训他的弱智儿子：“这可不是混着好玩，这是生活！”

要下雨了。雷声像一辆辆黄包车，轰隆隆开过来，又开过去。我想再去一次检字房，刚到，暴雨便瓢泼而下。我站在走廊里，怔怔地望着那张粗大密集的雨网。这场雨劈头盖脸下了三个多小时，仿佛要把这座城市淹没似的。雨停了，我才开锁进门，把自己反锁在检字房里，我成了那黑暗而潮湿的一部分，成了那浓郁的铅味、烟味、霉味和油墨气息的一部分。我在检字房，像师傅那样念念有词，忽东忽西，上冲下跳……但我没有能够成为师傅，我的身上没有师傅那笨拙的光亮，我真没用。检字房里越来越黑，我抓了一把字模塞进包里，将那把钥匙留在锁上，轻掩了检字房的门。

一出来已是黄昏。

在汽车站附近，一个报童舞着一沓报纸高喊："晚报！晚报！最新消息：今天上午六名地下党袭击警备司令刘志辉，两死四伤！""晚报！晚报！欲知受伤的四名地下党命运如何，请看刚出厂的晚报！"

我不想买，看到一家南食店门口有别人看过后扔下的报纸，立马跑过去从地上捡起来。报纸很脏了，字仍清楚。原来，今天上午十点，大表哥和柳师傅他们在黑縻峰下袭击前往三汉矶机场的刘志辉，大表哥和柳师傅被当场打死，另外四位受伤被捕。"中午一点，他们和昨天落网的地下党电台负责人张慧，一并在十字岭被就地正法。"

又下雨了。白色的雨线像修长的手指，一只鸽子从那优雅的指间飞走，只剩下一张打开的纸。我抢过那张纸，它遮住了她，她的波浪头发和蓝色旗袍。我把那张纸撕得粉碎，她看着我，蓦地转过身子，旗袍的下摆张开，露出整个雪白的大腿侧面。她是我见过的最好看的女人。

那场雨紧紧黏在我的脸上。它不落下来，也从不停止往下落。天快断黑的时候，我坐在凤凰台街尾一个不起眼的墙角，从包里掏出张姐送给我的那个特大的梨。我一口一口、扎扎实实地吃了它，连梨核都被我吞进了肚里。我在那个墙角睡了一夜。

第二天我依然醒得很迟，太阳没有挠我的痒痒，而是像床被子盖在我身上，热得我满头大汗。我到附近一家米粉店，狠狠叫了三大碗酸辣粉。吃完粉，我又在城里游荡，一直到黄昏。还是昨天那个报童，舞着一沓报纸高喊："晚报！晚报！最新消息：刚刚杀死五名地下党员的警备司令刘志辉，昨晚在'夜来香'遇刺身亡，夺命利器竟是一枚'刺'字字模。"

"晚报！晚报！'夜来香'昨晚发生奇特行刺案件！专家分析，凶手可能是一名印刷工人，凶器可能是弹弓之类。快看啊，最新消息……"

我不想买。地上有别人看过后扔下的报纸，我也不想看。黄昏开始被黑夜蚕食，我伸了伸懒腰，给这个城市一个渐渐模糊的背影。

长沙宣布和平解放前三天，我被迫和我老爸给我找的媳妇成亲。从此，我一直在乡下务农，育有五子三女，孙、曾孙……我都记不清数了。但那一年——一九四九年的事，就像印版一样，我记得清清楚楚。哎，一晃六十多年过去了，我今年八十三岁，但我心里只有一九四九年。

浓雾

李骏

一九三八年的黄安县本吴庄有些吊诡。

从这一年的秋天开始，每到夜半三更，便有一股浓雾将村庄笼罩。雾大，微寒，树木陶醉，虫遁鸟静。除了偶有狗叫，如果不是间或有咳嗽声传出，震得人突然一个激灵，没有人想到雾里还裹着这样一个村庄。看上去，那没边没际的有点恼人的浓雾，让这里成为大别山深处的仙境地带。

这样的天气，正是睡觉的好时候。南方的天气常常是这样，比如梅雨季节，总是细雨绵长，让人昏昏欲睡。

事实上，一九三八年秋天本吴庄的庄稼汉们都已早早地睡了。按说正是丰收季节，过去这样的日子都在双抢。但接连几年，黄安大旱，加之革命的炮声隆隆，不时有扛枪的人们出入村庄，往往稻子还没有完全熟透，便成了扛枪者们的口中之物；猪还没有养大，便成了战斗者们的饕餮之餐。庄稼汉们早就饿着肚子，没有力气叫唤。人们在天还未黑时就上了床，没粮食吃的等死；偶尔有粮食吃的，比如六爷这样的人物，吃了也是等命——因为谁也不晓得，哪天哪支军队会出现，子弹呼呼从空中飞过，保准会有人命丧黄泉。

六爷是我们本吴庄的头面人物。

老人们说，起初，本吴庄的雾很小。但没想接连几天，雾便渐渐大起来了。最大的雾起来的那天子夜，伸手不见五指。即使点着灯笼火把，也不过只是一抹朦胧的光亮，人与人走路还会撞在一起。于是，本吴庄的人们选择早早上床歇息。今天看来，这未免让人有些遗憾，因为本吴庄人从来都是喜欢谈天说地的。往往是天一黑，饭碗还未放，便围到一堆谈古论今，家长里短，牛皮吹得响，放屁臭死人。

而这样的日子只发生在生活安稳的时候。现在，四处兵荒马乱，人们早就关门闭户，希望土匪不要摸进来抢东西，希望国民党的部队不来抓壮丁。当然，他们有时也不希望游击队夜半三更回来找吃的，都是自家的亲人呀。说好出去参加革命的，怎么没有饭吃？还穿得像要饭的似的，看了令人心痛！再说，半夜谁家有个烟火，那是自找麻烦，没准国民党就顺着烟火摸上山来了。他们下达的命令，就像雾一样冰冷：格杀勿论！

格杀勿论——这四个字，常常让本吴庄的人身上与心里都起鸡皮疙瘩。

因为有了这四个字，本吴庄的山头上，多了好些坟地。有无头冢，也有衣冠冢。被杀的，有的头被拎走，挂在黄安的城墙上；有的被杀了也不准收尸，最后只得空葬……这样一来，特别是红军大部队撤离以后，本吴庄周围全是寒气。

六爷家是地主，他家有土地，有银行，有山林，早些年还有票号，声名很大，汇票流行于鄂豫皖，在黄安、麻城、光山、金寨一带，好使，好用。

当然，他们家还有团丁。

这些团丁，有枪，有弹药，有刀。说是团丁，不过是六爷家的长工。长工好几十，虽然是给六爷打工，但很团结。不说别的，六爷家恪守着这样一个传统：“只要主人家有饭吃，长工就不会饿死。”因此，这些种六爷家田地的农民，对六爷是忠诚不贰。

六爷是读过书的人，脸上总是笼罩着一种庄严，话少，面善，但不怒自威，村子里有事，都是六爷主持，他说了算。而面对本吴庄这个秋天的雾，见多识广的他也起了疑虑：这是什么天气？要见鬼了吗？

这的确不是好天气。大雾来时，悄无声息，像国民党军进村一样，总是悄悄的。国民党的军队总是先围住了村庄然后才放枪，把人们赶到打谷场上，然后提出条件，达到目的才撤。

但现在的打谷场，没有了以往的热闹。场上没有稻谷，早让国民党的部队抢光了；场上也没有稻草，空荡荡的。除了岸边有几朵菊花点缀，很难想象一个人丁兴旺的大村庄，突然音寂火熄，死气沉沉。现在有了那一望无际的大雾，掩盖了村庄的一切萧条。大雾抚摸着人的脸，温柔而冰冷。

按说，这样的日子，本吴庄的人们是睡不着的。早在前几天，便传说国民党的部队要进山来“搜剿”游击队。但游击队都在深山老林里，国民党的部队来了，只有失望：村庄里除了良民百姓，老弱病残，哪里见得到游击队的影子？

特别是这样有雾的天气，国民党的部队更不敢进山，他们惜命。游击队神出鬼没，善于夜袭，他们不挨打、不被打死就算幸运了。

所以，本吴庄的人看到周围的江天大雾，便干脆安心地躺在床上睡觉，天塌下来也不去管了。

谁也不知道，就在这个秋天有大雾的夜里，整个村庄唯有三爹没睡。他穿着衣服，躺在床上假寐，不时伸出头看看大家睡着了没有。

三爹是六爷唯一的儿子，那是他家最大的宝贝。但这个宝贝，在六爷眼里不省事。六爷抽水烟袋时，一边眯着眼，一边会叹息几声。

三爹为什么一个人睡不着？还不是闹意见。早些年，他想跟着攻打黄安县城的那批部队走，六爷不准。六爷不准的原因只有一个：“如果你走了，哪个来继承这份家业？”

因此，三爹无论走到哪里，都有团丁跟着、看着。就连晚上睡觉，也有人在屋外候着陪睡。

本吴庄的老长工知道，三爹想走的决心，其实也不是一天两天下的。黄麻起义时，他也夹在人群中，拿着个刀跟在大人们屁股后喊叫。

黄麻起义胜利后，他却被六爷押了回来。

等到了红四方面军成立，村里年轻人成堆地去参加，三爹却被六爷关在屋子里出不来，等放出来时，部队已经越过平汉路，听说打到四川去了。

直到听说日本人来黄安了，三爹那颗不安分的心，又躁动起来。“打日本人，我爹总会放我去吧。”三爹对团丁说。团丁们只是笑，不接话。

六爷晚年叹息着说：“我们黄安县的人骨子里，天生就有不安分的因素。”六爷说这话时，三爹在外没有了消息。

一切从那个大雾弥漫的夜里开始。

日本鬼子还没进黄安城时，先是在一九三八年九月一日，派了十八架次飞机袭击黄安城，投弹六十多枚，炸死炸伤二十四人。随后又多次轰炸。

接着，日本人沿宋埠路进攻黄安，先是与国民党的部队干了一仗。国民党的部队起初也是真枪实弹地对抗了一阵，但不经打，马上撤退了。鬼子便迅速长驱直入。老人们说，鬼子们只要遇到抵抗，报复心非常强。他们在八里湾、七里坪等多地杀人放火，进行屠杀。仅八里湾，一个坑便枪杀了四千多人。

消息传到黄安县的各村各寨，人们不寒而栗。

打倒日本鬼子——一夜之间，从黄安城到乡下的墙壁上，都是这样的标语。

六爷家的师爷壮着胆子去了一趟黄安城，回来报告说，国民党的部队全跑了，标语是游击队写的。

本吴庄从那天便陷入了迷雾。起初雾小，接着雾大了起来，最后将整个村庄慢慢湮没于一片雾气之中。

师爷上过私塾，还精通八卦，是个文化人。他总是摇头说：“不吉利啊。”

他一摇头，六爷的老婆——人们都叫她六太，是个特别迷信的人，一听不吉利，便赶紧地烧香拜佛。

此后，接二连三的消息不停地从外面传到本吴庄。大都是说别看日本鬼子脸上笑得殷勤，但杀起人来不眨眼，连襁褓里的小伢都杀。

传到本吴庄里的消息还说："这是从哪里来的妖魔呀，还吃人肉呢！杀了大人，把小伢的尸体挑在枪尖上，回来炖肉吃！"

这一说，本吴庄的人都有些害怕。从此再也没人敢出远门，甚至没有人敢去地里劳动。村民外出的那座铁索桥，经常处于关闭状态。

六爷开头不信，后来也禁不起说，害怕了，吩咐团丁："闭桥。"

本吴庄近乎悬崖村，村民必须绕上两个多小时的盘山路，才能到达村里。后来，人们费了大力气，架起一座铁索桥，来来往往进出村庄的人就不再绕了，都从这座铁索桥上经过，渐渐地，这座铁索桥就成了村民出行的必经之路。所谓的"闭桥"，有两种方式：一种是关桥两头的门；一种是连桥拔起，因为桥头的铁索都是用铁套套着的，取掉铁套里的铁钉，桥便自动掉下去了。这里有个机关，只有六爷等少数几个人知道，因为桥是六爷出钱建的。

团丁按照六爷的吩咐，将桥头的大门关了。

这时，雾一起，外面朦朦胧胧的，桥也看不见了。

这是什么雾呢？本吴庄的人，一边打瞌睡，一边想。

只有一个人没有打瞌睡。那就是一直想到外面建功立业的三爹。

关于三爹后来的一切，好像只出现在六爷的梦里。在那样的大雾之中，按六爷的话说，是既分不清世间与阴间，也分不清时间与空间，还分不清梦里与现实。

六爷只觉得自己做了一个悠长的梦。这梦，像雾一样缥缈，无助而又忧伤。

后来，根据六爷的反复叙述，那个有雾夜晚的故事被这样还原——

在那个大雾的夜晚，当村庄里所有人都睡着之后，三爹下了床，轻轻推开门，守护他的团丁可能由于长年累月坚守，此刻竟然也在雾气中酣然入梦。三爹感觉有点凉，便回头又穿了一身衣服，摸摸索索地全身披挂，然后拿了一把手枪，想了想，他还拿上了一把钥匙，那是本吴庄桥头堡的开门钥匙，全村只有他们家有几把。

三爹来到马厩，本来想骑马，但解缰绳时，又停住了。他怕马叫会引来团丁，于是干脆步行出去。外面的雾里，伸手不见五指。三爹路熟，对村庄附近的路，闭着眼也知道哪里有坑哪里有石头。

有十年的时光，三爹都在为走出大山准备着。

十年时光过去后，三爹已由当初那个十二三岁的少年，长成二十二三的青年了，惬意富足的乡下时光，仍然留不住他的心，本吴庄同一拨儿的年轻人，都跑到山外拿枪革命去了。革命这个念头，在三爹心里扎了根，生了魂，他做梦都盼望着出去革命。

为什么革命？三爹说不清楚。总之，他不愿囚禁在本吴庄这一几乎与世隔绝的小天地里。他的脑海里是全世界。那是雾一般的世界，雾一样的人生。

虽然本吴庄的革命者们出去后大多杳无音信——有音信的都被杀了头，但三爹想去外面世界革命的念头，就像黄安县倒水河的水一样，绵绵不绝。

有雾的黑夜给了三爹一个梦的启示。那逼人的迷雾，似乎在逼着他做出伟大的选择。三爹似乎还觉得，伟大的事业，都适宜在这样有雾的环境下完成。一切是朦胧的，不可捉摸的，不定的，缥缈的，没有惯性，没有准则，没有预兆，没有结果……三爹在黑夜的大雾里摸索着走动，虽然路熟，但还是转了半天才出了村庄。他心中的窃喜刚冒出个头，忽然就立住了。因为他从雾中听到了某种声响——有铁质的东西与铁质的东西发生了碰撞，接着叽里咕噜的声音在雾中低回。

三爹伏在路边，这是个岔路口，一条通往黄安县城，一条通往七里坪，还有一条通向麻城。

三爹以为是来抓自己的团丁，但很快，他知道那不是。因为那声音不是黄安人的声音，也不是国民党部队的声音。

三爹害怕起来：莫不是在雾中遇到了鬼？

他原来不相信鬼，但黄安四处都流传着英雄与鬼的故事，他不由得不信。

在黄安，只有鬼的话，人们才听不懂。因为鬼与人完全是不同的，人可以见到摸到，而鬼像雾一样莫测，不知所云。

三爹伏在一块石头后面。

一个声音的出现打破了他的恐惧，因为这是黄安人的声音："太君，从这里走通往县城；但从这里，就通往本吴庄，这个村庄，粮食大大地有。"

一阵叽里咕噜的声音过后，那个黄安人的声音又出现了："太君，往这条路走不远，就是本吴庄村，地盘大，粮食足。要取黄安城，先灭本吴庄，大大地好。"

三爹听了，火便在心里燃起来。他明白，碰上日本人了。

三爹举起枪，想对有声音的地方开一枪，他打开保险，声音虽然很轻，但在夜雾里还是很响。

对方静了一下。

但很快，三爹便冷笑了。他有了一个办法——他咳嗽了一声。

这一声咳嗽，像是在雾中打了一个炸雷。三爹听到了一片拉枪栓的声音。时间静止了那么几分钟，忽然一阵叽里咕噜的声音，再接着，那个汉奸的声音出现了："恁是哪个？出来，皇军有赏！"

三爹寻好可以躲避射击的位置，说："恁是哪个？来庄上干啥咧？"

那边笑了。"皇军来恁庄慰问哩，雾大，不晓得路，你来带路。"

三爹藏好枪，大摇大摆地出来，寻着声音走过去，才走几步，就与一个人撞了个满怀，又是一阵枪碰枪的声响。

"别开枪，欢迎皇军咧！"三爹马上高喊一声。

这时，人与人碰面，三爹才看到了穿黄色服装的部队。

一支枪迅速抵在三爹的腰上。"你的，什么的干活？"

三爹马上哈腰："太君，良民的有，良民大大地有。"汉奸介绍说："这是山本太君。"

三爹点头："皇军的好，皇军的好。"

山本笑了："良民的喜欢。"

接着，山本与汉奸咕噜了一阵。汉奸回过头，对三爹说："你的，前面的带路，去本吴庄。"

三爹说："好好好，我们大大地欢迎皇军。"

山本又笑："你的，不许滑头的有。"

三爹点头又哈腰："一切听皇军的。"

山本大笑："前面的带路。有游击队的没有？"

三爹说："游击队的，没有没有。只有良民，大大地有。"

山本枪一挥："后面统统跟上跟上。"

三爹便带着他们往本吴庄走，一边走，一边问汉奸："皇军有多少人？"

汉奸往三爹屁股上踢了一脚："不许打听，打听死啦死啦的。"

三爹真想一脚把狗汉奸踹在地上，但嘴上抹了油似的说："我们庄好客，晓得人数好欢迎皇军，为皇军做饭。"

汉奸这才说："一个连，一百人。"

汉奸是虚张声势，因为雾大，三爹也看不清有多少人。三爹只是说："好的，好的，好吃的一定有。"

汉奸跟在三爹身后，走了几步说："不准狡猾，皇军的枪不长眼睛的。"

三爹说："必须的，必须的。放心，放心。"

他们在雾中往前走。雾似乎没有散的意思，还越来越大，一团一团的雾，带着冷气，裹着凉气，扑面而来。三爹忽然打了一个寒战。

他把他们引上了那关闭的桥。他身上还挂着偷来的桥门钥匙。

门一开，日军停止了脚步。

山本拔出军刀："有危险的没有？"

三爹说："大大地安全，全是良民。"

山本盯着三爹好几分钟，刀一横说："骗皇军的，死啦死啦的。"

三爹装着害怕的样子，腰弯下去："不敢不敢，不敢骗皇军。"

山本说："前边的带路。"

三爹便走在前面。山本让汉奸跟在三爹的屁股后，监督他。

三爹打开桥头连着山边的门，山本犹豫了一下，拔出枪："跟上。你的，走在前头。"

三爹便走上了桥。这是回头路。刚才他便是从这座桥上走出去的。

人多，桥有些摇晃。走在桥中间时，雾里的桥，摇的动静更大。一群操枪拿炮的人，在雾中像一群鬼魅穿行。

桥摇晃的幅度越来越大，山本便有点紧张。他停下，让几个兵走在前面。汉奸的枪顶着三爹的背，他们一个挨一个，挤得很紧。当所有的人都上桥后，桥面似乎不堪重负，发出吱吱声响。

三爹转头对汉奸做了一个“嘘”的动作。汉奸明白了，他也转头，把手指放在那张薄薄的嘴唇上，向后做了一个同样的动作。一个传一个，一直传到最后两个扛炮的日军。

雾下的河面，幽幽的；雾中的山村，静静的。

一团又一团的雾，像升腾的水汽，几乎把大家包裹在冰凉里面。也就一百多米长的桥面，在迷雾中不停地打摆。快到本吴庄的桥头，山村还是静静的。雾仍未散。三爹小声对汉奸说：“快到了，别吱声，这个村庄有枪。”

汉奸又往后做了一个手势。

三爹拿出钥匙，去开那最后一道门。雾中，谁也看不到，三爹在打开门的同时拔起了那道活钎。

当活钎拔起时，只听见哗啦一声响，从村庄的这头开始，整个大桥一边掉向了河面。本吴庄的河水幽深。大雾中，只听见一片叫声，接着还响起了枪声，但很快，一切平静了。走在最后的扛炮的两个日军，在重压下也迅速滑向水面，大桥那一头虽然还拴在河岸的另一端，但站在大桥上的人，基本上都掉入了水中。

三爹在拔钎的那一刻，一手扒在门框上，一手还夺了汉奸的枪，并且顺势一脚将他踹下了河。

对着雾中的桥，三爹不停地开枪。

当本吴庄的人听到枪声，在六爷的带领下赶到河边时，雾还未散，六爷手下的团丁，一个个向着水面开枪。有幸还扒在桥上想求生的，也都没有命了。因为本吴庄有个约定，不到万不得已不能拔钎。拔钎就是遇到了强敌。

早晨到来时，一轮秋日升起，大雾竟然突然散去。本吴庄的人都惊呆了：河面上漂浮的，竟然全是日军的尸体！

六爷在心惊的同时，赶紧命令所有的村民，务必把河中所有的尸体捞起，不能让任何人知道。

本吴庄人将他们葬在山谷里。共有七十六个日军和一个汉奸，本吴庄人挖了一个大坑，将他们埋在一起。

后面的事大家便都知道了。据日本侵华史记载：一九三八年十月某日，一队皇军共七十六人进入大别山区迷路，从此失踪。皇军封山找了几个县，也不见踪影。

黄安史料也有记载：日军有一个中队，进入我县地带离奇消失。

一九七八年年底，有人来写黄安县志，到本吴庄找人座谈时，知道了这个故事。

那人兴奋地说："你们怎么不早说呢？这是多好的一件事呀。"

本吴庄人却并不觉得，因为家家户户出去革命的，没有一个人能活着回来。

本吴庄的老人们还提起，村庄里的三爹从那个夜晚起便失踪了。

让所有的人想不到的是，一九八六年，一个神秘的骨灰盒被送回本吴庄，村庄里的人这才知道，三爹在灭了那一队日军后，跑去参加了革命队伍，在临汾战役中不幸牺牲。

三爹的坟与六爷的坟紧紧挨在一起。如今，又是几十年过去了，他们的坟前松柏苍翠，周围已长满了参天大树。

而关于本吴庄的那场大雾，以及三爹的革命传奇经历，至今仍像那场迷雾一样，飘荡在本吴庄里，凝固在一九三八年的那个深秋。

猛子

姚舍尘

一九四四年仲夏的海阳城，奇热。老百姓都说：史上没有过，恐怕要热死人。

在江东中学读书的猛子见父亲拉着黄包车回家，一副垂头丧气的样子，估计今天没有拉到活。再看，父亲身上的白布褂上湿而复干积留下来的盐碱，已经像外婆摊的薄而硬的荞面饼了，心里就有一丝难受。他将一碗晾好的大麦茶端到父亲跟前，说：放假好几天了，我想去北山寺住。

北山寺在城北，是一座荒废的古刹，日本兵驻扎在里面。猛子外婆家就在北山寺后面的湖边上。

猛子父亲没有接大麦茶，转身帮猛子取了几件简单的换洗衣服。末了，又将一件香云纱背心取出来看了看，和其他衣服一同放进猛子的书包。那原是死去妻子的遗物，后来被猛子的外婆改成一件男孩穿的背心。这件背心不仅有了纪念意义，似乎也是猛子最豪华的夏装了。

猛子父亲做这一切时，是默默无声的。他在内心放心猛子去老人那里。孩子娘不在了，自己要拉车，也免得会水的猛子天天站在南门高桥上往河中心扎猛子。他其实并未见过猛子从高桥上往河里跳，但坊间关于猛子如何会水的种种神奇传闻，早已塞满他的耳朵。他对儿子的担心来自一条古训：打死会拳的，淹死会水的。虽然，他对儿子救了落水的邻居小辫子充满自豪。

猛子假装有些不舍的样子，慢慢腾腾整理书包，一出门就快跑起来。在巷子拐角能看见南门高桥的地方，小辫子突然冲出来叫了一声：爹。猛子一惊，随即就板了面孔。小辫子的脸立刻红了，马上改口：猛子哥！

猛子一脸严肃：不许叫爹。死脑筋，老是改不了。

小辫子使劲儿点头，又显出委屈。那次猛子救了落水的小辫子，小辫子父母让小辫子当众跪在猛子面前，说既是救命之恩，就是再生父母，非让上初一的小辫子叫上初二的猛子为爹。猛子父亲急了，拉起跪着的小辫子对着大人吼：都是小伢儿，不兴这样，要折寿的！这事传到学校，有同学看到小辫子就对猛子说：你儿子来了！弄得猛子很窘。但小辫子不以为然，他对猛子的尊崇丝毫不亚于父辈。往日除了读书，猛子唯一的爱好就是夏季来临时去河里游泳、潜水，从南门高桥上往河里扎猛子。这个会水的天赋几乎又和他的小名猛子天然契合。在人们的围观下，猛子常常站在高桥低矮的石护栏上，凝神片刻，猛然直直地跳入河中，竟潜到渺茫处才冒出头来，硬将一片惊叹声留在高桥上。然后他会像古代游侠一样隐入岸边某一个树林。自从救了小辫子，情形完全变了。小辫子不仅是忠实的观众，而且还做了忠实的后勤。不管猛子下水多远，他都会将猛子的衣服（其实就是那件香云纱背心）和臭烘烘的鞋子紧紧抱在怀里，一路奔跑到猛子上岸的地点迎接英雄凯旋。猛子对小辫子的奖赏无非顺手抓起一把河底的螺蛳，让他带回家养在水盆里。有一次还摸到一只不锈钢酒壶。猛子把酒壶慷慨地送给小辫子，并分析可能是高桥边“花月食堂”里玩得快乐的日本兵从后窗扔下河的……这一切都让小辫子无比佩服。但自去年夏天猛子从北山寺回到南门，小辫子对猛子的崇拜好像打了折扣。猛子对小辫子说：其实我游得不行。说北山寺的日本兵从船上跳水是头朝下的，张着双臂就像燕子。还有一种游法叫自由式，快得不得了，不像我们“狗刨”。小辫子知道猛子不会谦虚，猛子又说得很诚恳，就一直盯着猛子哪天去看个究竟。

走上南门高桥时，小辫子瞄了一眼猛子包里塞满的衣服，试探着问：你要去北山寺和日本兵比游泳？我帮你看衣裳。

猛子感到去北山寺的真实目的被人看破，便警惕地回头朝自家的方向看了眼，这才转身认真面对小辫子。猛子整了整小辫子脖子上的长命锁（这是他落水被救后才有的挂件），用大人的腔调说：等我先熟悉了情况，你再来吧。

海阳城不大，南门到北门就是一条不算太长的街。标志性建筑是两座桥：南门高桥和北门的水关桥。北山寺就在北门外。北山寺后面的湖上停了一条废弃已久的旧木船，远远望去像一块钟表上的“时针”。每天下午，驻扎在庙里的日本兵喜欢到湖里游泳。那些日本兵从“时针”上旁若无人地跳水，燕子式入水，又是自由式泳姿，令躲在湖边玉米地的猛子惊羡不已。猛子先是藏在玉米地里偷窥，后来干脆坐在岸边看，却不肯下水。猛子知道自己跳的是“冰棍”，游姿是狗刨式，根本不能与美丽的“燕式”相比。后来和日本兵熟了，日本兵在水中得意地向他招手，猛子把持不住，才表现一回潜泳。他从外婆家门外的湖边下水，一口气潜到湖对面那条船下，猛然双手出水抓住船舷，惊得船上一个日本兵没站稳，“扑通”一声跌入湖中。顿时，水里、岸上的日本兵欢呼起来。猛子又一次潜入水中，爬回岸上的玉米地，重新观摩起来。他暗下决心，有一天也从那个“时针”上飞燕入水，然后用日本兵的自由式泳姿劈波斩浪……

那天下午，猛子悄悄离开外婆家，又一次跳进北山寺后面的湖里。他在远离日本兵的湖边正试着自由泳的动作划水，突然看见小辫子慌慌张张地朝湖边奔来……

当天，猛子父亲还是拉了车出门。他在坡子街找了一片树荫，刚坐下，头上直冒冷汗，觉得全身快要虚脱了。忽然，车身剧烈晃动了一下，一个小胡子日本军官已经坐到他的黄包车上，叫：南门高桥，“花月食堂”的干活！猛子父亲本能地应声而起，拉车小跑了几步却又无可奈何地慢了下来。日本军官正啃着西瓜，来不及吐瓜子就鼓着嘴嗷嗷叫着：快快的！快快的！猛子父亲脸色发白，日本军官却用皮鞋跺车座，在黄包车的抖动中，猛子父亲汗如雨下，耳朵里满是日本军官的咆哮：八嘎！八嘎！

在南门高桥的桥坡上，黄包车的速度已和爬行的速度差不多。猛子父亲眼睛里冒出金星，金星里有一辆黄包车正从一大片油菜花海里穿行，车上坐着猛子的母亲和年纪尚小的猛子……日本军官从车上跳下，揪住进入幻觉的猛子父亲往桥中央拖，在桥的最高处，暴怒的日本军官一把将猛子父亲掀入河中。

夏日奇热的中午，整个世界好像都睡着了。好一会儿，高桥两侧店铺里的人才被惊醒了。有人开始骂日本军官，有个卖西瓜的男人跑到桥下，和竹行里的小伙计一起试图用竹竿营救猛子的父亲。“花月食堂”临河的窗口，几个穿和服的军妓也惊慌地探出身子朝河里看。在军妓的视线中，猛子父亲似乎没有呼救，也没有挣扎，载沉载浮了片刻，就顺流没入水中……

小辫子结结巴巴地叙述着……

接着是猛子的光脚在石板路上仓皇奔跑，小辫子拼命跟着，手里紧紧抱着猛子的衣服、鞋子，长命锁在蓝天白云中左右晃荡。当刚离开几个钟头的家顷刻变成灵堂时，猛子和小辫子都泣不成声……

猛子父亲下葬后的第三天，外婆收拾好行李，见猛子仍坐在门外那辆黄包车上不动，问：你走还是不走？

这个问话，猛子已在这几天外婆的关切和邻居的讨论中听过无数次了。父亲的死使猛子成了孤儿，外婆经历了两次白发人送黑发人之后，将猛子带走成了唯一的选择。但外婆和邻居似乎都知道猛子这孩子犟得很，不太听人劝呢！

外婆对低头坐在黄包车“搁脚”上的猛子说：你进来。外婆见猛子已坐到身边，又看了桌上正燃着的香火说：我等你一炷香。

外婆说完，眯上眼睛便开始捻佛珠了。

香快燃完时，猛子忽然开口说：我不上学了，我要去拉车！

外婆眼睛都急红了：伢儿，不晓得你父亲的苦心啊？他拼命拉车为哪个？不就是想供你把中学读完？你这样能对得起在阴间的他啊？可怜我的……女儿哟！外婆不知怎么提起另一个亡人，抑制不住抽泣起来。

猛子一听外婆说到已是阴阳两隔的父亲，“噌”地离开板凳站起来说：父亲就这样无缘无故被日本人害死，在阴间才不得安稳！我要找这个鬼子……

没等说完，猛子的嘴就被外婆用手一把捂住，外婆乘势将他搂进怀里：伢儿，你不要命啦？千万不能乱来，日本人手里有枪……猛子咬着牙没出声，他看见外婆已经老泪纵横。

猛子跟外婆走了。小辫子眼泪汪汪地送到高桥下，直到被大人拉住才止步。

在北山寺，外婆念佛的时间少了，她为了猛子上学在大户人家多做了一份工，无非缝补浆衣。猛子已不去湖边。自从父亲死后，他对日本兵产生了深深的仇恨。他本想拉黄包车，既能解决生计问题又可遇见那个杀父仇人……却被外婆拦住了。外婆念经显然多了一些以前没有的内容，比如“善有善报，恶有恶报”。但这诅咒是断断不能将父亲唤醒的。木鱼声声，反而使猛子更加魂不守舍。

那天，猛子借口回南门找小辫子玩，找到见证父亲遇难的卖西瓜的男人。那人正用一把大蒲扇赶瓜摊前的苍蝇。猛子走近时，那人也认出了他，随手拉了一张小板凳给猛子，还切了一角瓜给他。猛子没接，说：叔叔，我不吃。我就是想问，那天把我父亲推下河的日本人长什么样？叫什么？

卖西瓜的男人举瓜的手僵在半空中：伢儿，你要做什么？

猛子声音微颤：我就是想问问，父亲拉了一辈子黄包车，从来不得罪人，更没有仇家……

卖西瓜的男人说：这我晓得，街坊邻居都晓得……可到高桥来的日本人多啦，谁记得清呢？都是去“花月食堂”的，那是个随军妓院。

卖西瓜的男人见猛子有些失望，想了想，忽然说：当时听“花月食堂”的妓女朝那个日本人喊“斋滕”，倒是用中国话，喊他快跑……不过日本话的“斋滕”，大概也不是这样喊法。

卖西瓜的男人见猛子听得全神贯注，又警觉起来：伢儿，你要想开啊！如今是日本人的天下，你们学堂里的彭老师前几年手指头被日本飞机炸飞了，不能拿粉笔写字，只好在后街摆小人书摊……卖西瓜的男人可能觉得有些跑题，顿了顿又说：冤有头，债有主！城里万字会、积谷仓，还有北山寺都有日本兵，你到哪里找人？找到又能怎样？弄不好还把小命送掉！回去吧，听话！

猛子谢了卖西瓜的男人，脑子里已保存了“斋滕”这个重要信息。他开始将目标锁定在“花月食堂”，期待出现妓女喊“斋滕”而“斋滕”应声而出的场景。可是那毕竟是烟花之地，猛子试着去了几次，只能时远时近地徘徊。进出的人有说日语的，也有说中国话的，终究没有“斋滕”，或者说，他根本就无法知道谁是“斋滕”。那天，猛子已确认又一次无功而返了，却见一个穿和服的小眼睛日妓小碎步向他跑过来。猛子没有动，反而认真地问她：有个叫“斋滕”的有没有来？“斋滕！”猛子还用手指在掌心比画。小眼睛女人仿佛没听懂，头摇得像拨浪鼓，眼里却忽然放出奇异的光芒，一把抓住猛子的手。

猛子挣脱着跑了。身后传来“花月食堂”女人们的浪笑声。

暑假结束后，新学期开学了。因怀恨在心，猛子已无心读书。每到放学他就不自觉地绕道回家，路线往往要经过卖西瓜的男人说过的万字会、积谷仓。自从“花月食堂”的遭遇后，他再也没有去过那个烟花之地。万字会、积谷仓，一个是日本人的军火库，一个是宪兵司令部，不仅戒备森严，而且出入的人也都讲日本话。猛子第一次感到复仇碰到巨大的语言障碍。日军实施奴化教育，倒是开过日语课的。猛子班上也曾经来过一个日籍教师，还没讲课就将一把刺刀插在讲台上，吓得一教室学生全跑光了。当时，猛子倒没有恐惧那把刺刀，猛子见大家都有抵触情绪也就跟着走了。猛子记得他是最后一个离开教室的，而且不像其他同学从教室后门一哄而散，他是从讲台旁的刺刀下从容走过的。猛子大义凛然的样子，反而把那个日籍教师弄得很紧张。后来，这件事被同学传成好几个版本。现在沉默寡言的猛子变得更加怪异了，有时还逃课，谁也不知道他去了哪里。

春季开学时，积谷仓宪兵司令部又派来一个翻译，在猛子班级逼学生上日语课。翻译拿教鞭指着黑板上三个粉笔字说：我的名字叫何广发。现在是你们的日语教师。大家醒过神，原来，这个新教师竟是纪念孔子诞辰时出洋相的那个何翻译官。当时，号称“中国通”的日军山甫司令在江东中学礼堂得意地引用《论语》中的话，何广发一时译错，遭到山甫臭骂。

学生们一听何广发的广东话，立刻哄笑了，随即跟着教鞭所指夸张地模仿着喊：火、广、花。

何广发气急败坏，又很无奈，硬着头皮用教鞭“啪啪”敲打讲台，对着手上一份名单点名。于是，被点到的人又是一阵古怪的回应。当点到张小猛时，有几个男生喊：猛子，猛子。

有一刻，猛子只呆着不动。教室安静下来时，猛子腾地站起来大声问：何先生，日语“斋滕”怎么念？同学们开始面面相觑，谁也没有想到猛子会在点名时提出一个匪夷所思的问题。何广发仿佛遇到知音，绷紧的脸开始松弛下来，还自以为是地活跃课堂气氛：你叫孟子？是孔子的徒弟？见猛子仍站着等待下文，才得意地转身在黑板上写下中文“斋滕”，然后用他的广东国语和日语比较着领读：斋滕——赛刀！猛子紧跟着念，念得非常凶狠，仿佛要将“赛刀”念进脑子里，念进骨髓里。

万籁俱寂。

有几个学生悄悄从后门溜了。有人开始传字条。字条很快传到猛子身边的女同学手里，上面写了“汉奸”两个大字；另一行可能是传递过程中补加的：“让大汉奸和小汉奸上课吧！”

女生一脸严肃，拿起笔在字条上又加了一句：“可耻！连父亲是怎样死的也忘记了吗？”女生将字条推给身旁的猛子，拿起书包也走了……

何广发居然也不来了，可能日语课终究开不下去。只是同学们欢呼雀跃的同时，也加剧了对猛子的冷嘲热讽。有人公开喊他“斋滕猛子”。他身边的女同学已经转移到另一个男生的座位旁，以示划清界限。那天，轮到陈老师上历史课，这是猛子最喜欢的美丽而善良的女教师。不知何时，有人在猛子背后贴了一张字条。猛子已经听出身后那些会意的嘲笑。他伸手从背后一把拉过字条，看也不看就要撕。陈老师走过来夺过字条看了一眼，默默走回讲台。陈老师当着全体学生的面帮猛子撕碎了字条，动情地说：同学们，我们有国恨，有家仇……都是受难的同胞兄弟姐妹，不能随便说一个同学是汉奸而伤害同胞的心……

猛子听得泪光闪闪。他当时多想把自己的仇恨和复仇的想法彻底向陈老师倾诉。可陈老师又能怎样呢？谁也帮不了他。就像谁也不能代替他的沉默和孤独一样。猛子甚至感到同在一校的小辫子好像也有意疏远他，显得若即若离。猛子终于忍不住提前在学校门口堵住了小辫子：你躲我？小辫子低着头，像犯了错误：猛子哥，你们初二的学生都说你……

猛子只顾往前走，问：说我什么？

小辫子憋了半天才说：你答应不生气，我才说。

猛子走得更快，小辫子见猛子不肯承诺，就说：说你是小汉奸，配合日本人上日语课！

小辫子见猛子只顾往前走，追上去说：猛子哥，你救过我的命，我相信你！

猛子的脚步放慢了。校门外是一片麦田，麦苗已长出半尺高，显出勃勃生机。走到街上时，小辫子问：猛子哥，你今年暑假不回南门了？猛子说：不回了！小辫子迫不及待地又问：那么夏天的时候你还看日本人游水吗？猛子坚定地说了一个“不”，不知怎么又补了一句：我要让日本人喝水！

小辫子一惊，似懂非懂地说：那我也陪你去。

猛子说：我要报仇，你去干什么？

小辫子听说“报仇”两个字，又茫然又惊恐，最后还是仗义地说：我相信你！

猛子得到了鼓舞，他自己也没有想到茫然无绪的复仇计划，却在与小辫子的一句随意对话中打开了思路——北山寺后的湖水。可是，“斋滕”或“赛刀”会在北山寺吗？

与小辫子分手后，猛子又一次陷入沮丧。

都说乱世难熬，但猛子却觉得日子过得飞快。从一九四四年夏天父亲出事到一九四五年麦熟季节，仿佛转眼之间。这期间，沦陷区的海阳县城发生了明眼人都能看懂的变化。去年孔子诞辰日，日军山甫司令还在江东中学礼堂参加祭孔，对中学生训话，当然也训斥了何广发的翻译水平。今年却取消了祭孔计划。去年日本人还在大校场庆祝偷袭珍珠港多少周年，请了不少知名乡绅，散场时还每人发一个南国酒家制作的洋面包。今年日本军人也只能在寒风中持枪低头，为阵亡者招魂了……

这天，猛子和江东中学的学生被组织去小香岩县图书馆参观日本儿童书画巡展，无意中看到留言簿上被人写了“打倒日本”，猛子看见有个同学趁人不备用笔又在后面加了个叹号，巨大的，几乎占了整个留言簿。

猛子和小辫子出了图书馆，见有几个同学围观，走近才看清是“花月食堂”的那个小眼睛日本女人。那女人衣衫不整地坐在台阶上，疲惫不堪地晒着太阳。一年不到，她已形如老妇了。小辫子见猛子停在那儿，问猛子：你认识她？猛子拉起小辫子就走，边走边说：是南门“花月食堂”的！没走出多远，猛子和小辫子又看见一群人聚集。有一个人压低声音讲：你们可曾听见昨天夜里“响雷”？待猛子他们挤进人群，那人更加神秘地说：万字会日本人的弹药库被炸了，哎哟，火光冲天，死了好几个鬼子，可能是新四军干的……

小辫子悄悄拽了一下猛子的衣裳说：猛子哥，你的仇有人替你报了！

猛子也很兴奋地看着小辫子，自言自语地说：那个害死我父亲的“斋滕”会不会被炸死？

小辫子显然感到回答猛子的提问有些压力，但仍然讨好地说：那么凶的鬼子，肯定会负责看守弹药库！

猛子对小辫子似是而非的分析并不完全相信，但种种迹象已经证明鬼子兵败如山倒的形势。回北山寺的路上，不断有人说日本人快完了。猛子看到日本军车一辆辆驶过，车身上写着“德田部队”“长谷川部队”等各种番号。北山寺也好像突然松懈了，日本军人已两三人一伙徒手走出营地上街走动。有人用财物到小店兑换香烟抽，有人低价变卖手表……猛子将这些看在眼里，异常兴奋地回到外婆家。

外婆家的门槛上坐了一个日本兵，低着头，两只手紧紧捂着脸。猛子警惕地走进屋，见一个日军军官在对外婆比画着，手里是两段玉米和一壶麦酒。猛子看懂了，他是让外婆为他们煮下酒的玉米。外婆正在敲木鱼念经，嘴里念念有词。日军军官开始向外婆鞠躬，外婆这才放下木鱼接过玉米，嘴里却说了一句：报应！日军军官喝着浑浊的麦酒又开始比画，用夹生的中国话说：将来我们还要和美国再打！日军军官发觉外婆只顾煮玉米，这才回头唤坐在门槛上的同伴也来喝酒。他的同伴还是低着头，捂着脸不动。后来日军军官就开始啃玉米，并将另一段扔给低着头的日本兵。猛子看见玉米已击中日本兵的身体，又滚落下来，那个兵还是毫无反应。日军军官一口喝完麦酒，朝那个兵哇哇地吼叫了几句，扬长而去。出门时，还朝那个日本兵踹了一脚。就在日本兵被踹倒的瞬间，猛子看清这个一直低着头捂着脸的日本兵原来是个娃娃兵。他的个头比小辫子稍高一点，鼻子上架了一副眼镜，镜架两端有一根绳线绑着绕了脑壳半圈。

猛子本能地将地上的半截玉米拾起，递给歪倒在地上的娃娃兵，谁知娃娃兵拼命摇手拒绝。他对猛子说：我决不吃他的玉米！他的，拿了我的手表，我的不让。我今年才到中国，那是爸爸送给我的指南针手表。娃娃兵突然嚎啕起来，边嚎边说爸爸在日本被美国飞机炸死了。

竹内长官不能拿我的手表，他把我最最的怀念拿走了……

猛子的脑袋本来已被一天的信息塞满了，此刻又碰到这个被长官欺凌的日本娃娃兵，心中早已五味杂陈。当时他并不知道诸如《波茨坦公告》和苏联红军对日宣战等等。只是从娃娃兵嘴里，才晓得美军对日本本土轰炸的事实。个人的复仇计划，顷刻间被放在一个巨大的国际背景下，它不是变得强烈而清晰，反倒有些模糊了。

这时，外婆的木鱼又响了。在空洞的敲击声中，猛子听到外婆嘴里吐出“作孽”两个字。显然，外婆也听懂了日本娃娃兵的倾诉。

日本天皇裕仁发布《停战诏书》，日本代表在美国军舰上正式签字无条件投降，仿佛都选定在猛子这一年的暑假。日本投降了，教历史课的陈老师所说的“国恨”，已在这一刻彻底洗雪！被陈老师捆在一起的“家仇”呢？却在此时异常纠结起来。

猛子眼见日本兵已在北山寺集结，也听说国军一〇〇军李天霞部已在不到二十里的长江口岸码头等待受降。码头旁边应该是那艘招商局的“太古”号远洋货轮吧？猛子和同学徒步去看长江时曾见过那艘货轮。几小时后，那艘货轮将载着日本兵，包括真实或虚幻的“斋滕”驶向东洋的岛国，永不再现。猛子清楚地意识到，从去夏以来埋下的复仇种子，将会在这一刻腐烂在心里。而父亲的坟上无非每年春天新添些小草，他在地下的眼睛，是否还是溺水时微睁的样子……想到这些，从南门到北门，那些商号门面上欢庆抗战胜利的标语、坡子街上的欢庆灯谜等等，对猛子都失去了意义。

北山寺的日本兵开始有组织地往卡车上装弹药箱和轻重武器。一个日本兵正将一支三八大盖故意砸向庙前的石狮，显然，这个日本兵不愿缴出武器。一个日军开始点名，应声不断。第一批登上卡车的，是胸前挂骨灰盒的士兵，接着是第二排、第三排，均是徒手。猛子挤在围观的人群中，绝望而无奈地看着。这时，点名官叫出一个令猛子异常熟悉的名字：赛刀！在连续叫了几遍而无人应答时，猛子真切地感到这就是何广发一遍遍重复的“赛刀”，他在心里无数次默念的斋滕——赛刀!

猛子好像出现了耳鸣，嗡嗡的耳鸣声里全是“赛刀”的声音。在这个持续的声音中，猛子隐约看见一个日本兵向点名军官指着北山寺后面的方向。

所有分析和判断都在瞬间完成。猛子冲出人群，飞快进入北山寺后面的玉米地，玉米叶在他耳边发出呼啦呼啦的摩擦声。他看见刚才指方向的日本兵对着湖面喊了两声“赛刀”，见无动静，那个日本兵转身仓皇地跑了。

猛子此时已经奔到那只停泊的船边，从岸上一跃上了船。他看见船头上整整齐齐叠放着一套日本军装。极目四顾，猛子分明看见离船很远的水面上，一个人头载沉载浮。凭经验，猛子已判定那是一种力不从心的挣扎。猛子一脚将军装踢入水中，第一次从这个像“时针”一样的船头张开双臂，燕式跳入水中，竟毫不费力地以全新的自由泳方式快速游向目标。快接近目标时，猛子收拢双臂潜入水下，很快就抓住“斋滕”开始下沉的双脚。猛子想好了，必须将“斋滕”拉回到船下，他知道船底有一股很强的吸力，只要没有人大幅度移动船只，可恶的仇人就会成为船底板的一部分而永远浸没于水中。这个完美的复仇，几乎是对父亲最理想的祭奠，也是他对小辫子的承诺的兑现。

一切进展得很顺利。“斋滕”早已无力挣扎，他像一根细小而柔软的水草，在猛子超常有力的裹挟下被拖向船边。当猛子以前所未有的爆发力腾空而起并将“斋滕”压向船底时，船身猛地晃动起来，“斋滕”的身体从船底反弹出水面。猛子突然傻了，他看到一副用绳线绕了脑壳半圈的眼镜——是那个哭着不肯吃玉米的娃娃兵。娃娃兵的肚皮已膨胀成气球，眼睛微闭着，脸上仿佛还留着一丝满足的笑意……

猛子没有直接回外婆家，赤脚光着上身走回了南门。在高桥的最高处，猛子伫立良久。“花月食堂”临河的窗户已贴了封条，桥下的河水依然湍急地向东流着。

小辫子来了，问：猛子哥，日本人都走了，你的仇报了吗?

猛子用手整了整小辫子的长命锁，说：报了。

小辫子又问：真报了？

猛子说：真报了！

小辫子有些疑惑，开始从头到脚看猛子。猛子脚下的石板已渗了一大片水迹，像中国画。

小辫子忽然问：你的香云纱背心呢？

北山寺的鬼子走后，周围的邻居纷纷跑进昔日的兵营好奇地看东洋景。还有几个屠夫提了刀赶到庙后，争抢着分割日本人留下的马肉。

一个屠夫见湖中的木船上，一个男孩正用双手压着另一个男孩的胸部，一下下地按着，倒不像打架，也不像做游戏……屠夫看了一眼就忙着割马肉了。

据说，"斋滕"是坐在一辆自行车后面离开海阳县城的，天黑才赶到长江边的口岸码头。他没有穿军装，上身仅套了一件中国式的香云纱背心，很狼狈。登船时，"太古"号开始起锚，汽笛长鸣。

一个日本兵正在一只空骨灰盒上认真填写"斋滕"的名字。